文

景

Horizon

社 科 新 知　文 艺 新 潮

文景古典 · 名译插图本

阿里斯托芬喜剧集

蛙

罗念生——译

阿尔喀比阿得斯

大理石半身像，对公元前 4 世纪原作的罗马仿制品

现藏于卡比托利欧博物馆

Marie-Lan Nguyen 摄

狄俄倪索斯与克桑西阿斯

坎帕尼亚红绘钟状双耳喷口罐（bell-krater），公元前 360—前 340 年

现藏于大英博物馆

克桑西阿斯站在赫剌克勒斯的雕像旁

坎帕尼亚红绘酒樽（oinochoe），约公元前 350—前 340 年

现藏于大英博物馆

Jastrow 摄

狄俄倪索斯与潘
米开朗基罗作
大理石雕像，1496—1497 年
现藏于巴杰罗美术馆
Bargello 摄

《蛙》中多个场景

W. 弗兰克·考尔德伦（W. Frank Calderon）作

素描，1892 年

现藏于牛津大学博德利图书馆

蛙

查尔斯 · 韦林顿 · 弗斯

（Charles Wellington Furse）作

版画，1892 年

现藏于牛津大学博德利图书馆

蛙

1852—1902 年间多伦多大学三一学院戏剧社演出海报

作者与藏处不详

卡罗洛斯·孔恩（Karolos Koun）导演版《蛙》场景
雅典娜·维拉基斯（Athena Varakis）作
素描，1966 年

目　录

蛙

蛙

根据霍尔（F. W. Hall）与吉尔达特（W. M. Geldart）校勘的《阿里斯托芬的喜剧》（*Aristophanes Comoediae*, Oxford, 1954）希腊原文译出。

场　次

一　**开场**（原诗 1—322 行）

二　**进场**（原诗 323—459 行）

三　**第一场**（原诗 460—673 行）

四　**插曲**（原诗 674—737 行）

五　**第二场**（原诗 738—829 行）

六　**第三场**（原诗 830—894 行）

七　**对驳**（原诗 895—1118 行）

八　**第四场**（原诗 1119—1481 行）

九　**退场**（原诗 1482—1533 行）

人　物

（以进场先后为序）

克桑西阿斯

狄俄倪索斯

赫剌克勒斯

死者

卡戎

女奴

女店主甲

女店主乙

埃阿科斯

欧里庇得斯

埃斯库罗斯

普路同

歌队一由蛙组成

歌队二由祭祀厄琉西斯秘仪的妇女组成

布　景

两座房子，一座是赫剌克勒斯[1]的，另一座是普路同的

狄俄倪索斯[2]身着女装，戴着赫剌克勒斯的狮子头[3]，手里拿着他的短棒。在狄俄倪索斯的身边，克桑西阿斯骑在驴背上，肩上背着包袱。他们正走在去赫剌克勒斯家的路上

一　开场

克桑西阿斯　主子！让我说个总能令观众发笑的笑话，怎么样？

狄俄倪索斯　你想说什么就说吧，只是别让人觉得："啊！这是多么地没趣儿呀！"那我可实在受不了。

克桑西阿斯　那，来段妙语怎么样？

狄俄倪索斯　只是别让人觉得："多么乏味呀！"

克桑西阿斯　那么，让我讲个——来劲儿点儿的？

狄俄倪索斯　你就放心地说吧，只是别说那个——

克桑西阿斯　哪个？

狄俄倪索斯　那个什么你急着要拉屎啦，所以你得把肩上的东西放一下啦，什么的。

克桑西阿斯　这不可能！因为，你瞧，我扛着这么重的东西，如果再没人来解救我的话，我可要放屁啦！

狄俄倪索斯　别！我求你可别！你快去吧，不然我可真无法忍受。

克桑西阿斯　那我干吗还要扛着这些包袱呢，我又不能像佛律尼科斯[4]、里基斯和阿墨普西阿斯[5]那样创作？

狄俄倪索斯　不，你别这么做。如果我是观众，在剧场里看到这么蹩脚的噱头儿，我离开的时候会老上一百岁的。[6]

克桑西阿斯　这脖子是多么的不幸呀，它得担着重担，还不能说个笑话。

狄俄倪索斯　你们看看，多么地厚颜无耻，多么地懒惰！当我，狄俄倪索斯，酒杯的儿子[7]，也在不辞辛苦地用脚自己走路时，我却让他骑在驴背上，为的是不让他扛着重东西而受累！

克桑西阿斯　我难道没扛着重东西吗？

狄俄倪索斯　怎么能呢，明明是驴扛着你嘛！

克桑西阿斯　可我确实背着这个呀！

狄俄倪索斯　你是怎么痛着的？

克桑西阿斯　很辛苦地痛着的呀。

狄俄倪索斯 你背着的重物不是驮在驴身上的吗？

克桑西阿斯 当然不是，以宙斯的名义，当然不是！这重物在我身上，是我扛着的。

狄俄倪索斯 你怎么可能背着重物呢，你明明是被驴扛着。

克桑西阿斯 我也不知道。总而言之，我这肩膀已经受不了了。

狄俄倪索斯 既然你说这头驴对你没用，那么，扛上东西，你自己走路吧。

克桑西阿斯 啊呀！可怜的人，我怎么不去打海战[8]呢？那时候我看你还怎么对我呼来应去。

狄俄倪索斯 下来，无赖！我已经到了我要去的地方。伙计，伙计，我说伙计！

上前敲赫剌克勒斯的屋门。

赫剌克勒斯 （在里面）谁在敲门？像只疯牛似的，谁呀？

赫剌克勒斯打开门，看见狄俄倪索斯。

狄俄倪索斯 嘻，（向克桑西阿斯）这位伙计。

克桑西阿斯 怎么了？

狄俄倪索斯 你没注意到吗？

克桑西阿斯 什么呀？

狄俄倪索斯 他很害怕我。

克桑西阿斯 那当然……你是不是疯了？

赫剌克勒斯 得墨忒耳呀[9]，我简直不能不发笑。我咬紧牙关，但还是发笑。

狄俄倪索斯 我的朋友，过来，我……

赫剌克勒斯 看到我的狮子头在橘黄色的袍子上[10]颤抖，我实在是控制不住我的笑声。这到底是什么意思呀？厚底靴怎么和我的短棒[11]搞到一起去了？你去哪儿了呀？

狄俄倪索斯 我从克里斯塞尼斯的船上来。[12]。

赫剌克勒斯 你也去打海战啦？

狄俄倪索斯 我们打沉了十二三艘敌人的战船。

赫剌克勒斯 就你们俩？

狄俄倪索斯 对，以阿波罗的名义！

克桑西阿斯 然后我醒了。

狄俄倪索斯 然后，就在我读过《安德洛墨达》[13]的那条船上，突然，我的心被一种愿望收紧了。

赫剌克勒斯 愿望？有多大呀？

狄俄倪索斯 没多大，像墨罗那斯[14]那么小。

赫剌克勒斯 给女人的那种吗？

狄俄倪索斯 当然不是。

赫剌克勒斯 给男孩子的？

狄俄倪索斯 你说什么呢，伙计。

赫剌克勒斯 那么是给男人的啦。

狄俄倪索斯 啊呀，呀，呀……

赫剌克勒斯 你被克里斯塞尼斯搞过啦？

狄俄倪索斯 别开我玩笑，兄弟。我已经很不舒服了，我被一个愿望折磨着。

赫剌克勒斯 一种什么样的愿望呀，小兄弟？

狄俄倪索斯 我没法向你解释。我给你打个比方吧，你有没有突然一下子吃到炒豌豆的体会？

赫剌克勒斯 炒豌豆儿？我这辈子吃过上千次了。

狄俄倪索斯 那么，你理解我的意思了呢，还是需要我继续解释下去？

赫剌克勒斯 豌豆就不用再说了，这个我懂了。

狄俄倪索斯 你瞧，我对欧里庇得斯就有这种愿望。

赫剌克勒斯 对那个已经死了的人呀？

狄俄倪索斯 但是谁也不能让我去找他。

赫剌克勒斯 去哪儿找？到哈得斯[15]的地府里吗？

70 **狄俄倪索斯** 比那儿再深也行，以宙斯的名义起誓！

赫剌克勒斯 那你要去干什么呢？

狄俄倪索斯 我想得到作诗的灵感。好的诗人全死了，活着的全是不怎么样的。[16]

赫剌克勒斯 什么？伊俄丰[17]不是活着吗？

狄俄倪索斯 这是给我们留下的仅有的一点点好东西，如果可以这样说的话。因为我也并不很清楚他能抓到什么样的鱼。[18]

赫剌克勒斯 如果你想从那儿[19]把谁带回到阳光中来的话，你为什么不让索福克勒斯取代欧里庇得斯呢？

狄俄倪索斯 不，再让我试试[20]，伊俄丰不用索福克勒斯的帮忙，自己能干什么；不，除非欧里庇得斯自作聪明，想和我闹别扭；至于索福克勒斯嘛，他在这儿和在那儿[21]都一样。

82 **赫剌克勒斯** 阿伽同[22]在哪儿？

狄俄倪索斯 他抛开我走了。真是个好诗人，也是个好朋友。

赫剌克勒斯 这个可怜的人到哪个国家去了？

狄俄倪索斯 到理想国找乐儿去了。

赫剌克勒斯 克赛诺克里斯呢？[23]

狄俄倪索斯 让他见鬼去吧。

赫剌克勒斯 那毕萨格罗斯呢？[24]

克桑西阿斯 （自言自语）对我他们什么都不说，我的肩膀的骨头都快磨得露出来了。

赫剌克勒斯 不是有无数的毛头小伙子在写着比欧里庇得斯
长得多的悲剧吗？ 91

狄俄倪索斯 那全是些冗长的废话，像燕子叫一样难听。[25]简直是对艺术的糟蹋。他们只要得到允许被公演，[26]便会立刻来玷污悲剧的名声。真正的诗人你再也找不到了；到哪儿去听那些传世的佳作呀！

赫剌克勒斯 你到底是什么意思呀？

狄俄倪索斯 到底是什么意思？你听听这句厚颜无耻的句子
是怎么说的："天空啊，宙斯的家园。"或者这句："时间
的脚。"[27]或者："神圣的思想不用发誓言；只有没头
没脑的舌头，才去发虚伪的誓愿。"[28] 102

赫剌克勒斯 你就喜欢这些？

狄俄倪索斯 什么呀，是他们硬给我的。

赫剌克勒斯 这都是些蠢话，你该知道的。

狄俄倪索斯 你别往我的脑子里钻行不行[29]，你有你自己的。

赫刺克勒斯　那些蹩脚的艺术令我恶心。

狄俄倪索斯　你还是说说我该吃点儿什么吧。[30]

克桑西阿斯　（自言自语）对于我他们什么都不谈。

狄俄倪索斯　我到这里来，穿得像你一样似的，为的是要让你告诉我，当你下到刻耳柏洛斯[31]那儿去的时候，那些曾经帮助过你的朋友，我是否能用得着。告诉我他们的名字，他们所在的港口、做面包的铺房、窑子、街道、十字路口、泉水、旅店店主、住家、小酒馆，还有哪儿能没有太多的臭虫。

克桑西阿斯　（自言自语）对于我，他们什么都不谈。

赫刺克勒斯　可怜的人，你真的敢去那儿吗？

狄俄倪索斯　唉，别多啰嗦啦，快告诉我，哪条是通向哈得斯的最快的路，还别太冷，也别太热。

赫刺克勒斯　那么，我先说哪个呢？哪个？有一条路，得用绳子和凳子将你吊起来。

狄俄倪索斯　行了，这是上吊。

赫刺克勒斯　还有一条快路，是可以走的，得从药捣子[32]中通过。

狄俄倪索斯　你是说毒芹吗？

赫剌克勒斯 一点也不错。

狄俄倪索斯 那可是条又冰又冷的路，我的腿立刻就会被冻僵的。

赫剌克勒斯 让我告诉你一条快路，并且是顺坡向下滑下去的吧。

狄俄倪索斯 行，步行的路不适合我。

赫剌克勒斯 你得到陶工区去。[33]

狄俄倪索斯 然后呢?

赫剌克勒斯 当你登上一座高高的城墙后——

狄俄倪索斯 我怎么做?

赫剌克勒斯 你在那看看火炬接力赛。当它开始的时候，当观众刚一喊出:“开始啦！”你也开始跑。

狄俄倪索斯 跑到哪儿去?

赫剌克勒斯 下边呀。

狄俄倪索斯 那我的脑袋不得被摔碎了！我才不选这条路呢。

赫剌克勒斯 你到底要选哪条路啊?

狄俄倪索斯 就要你原来选的那条。

赫剌克勒斯 那可是条很长的道路。首先，你得到一个巨大的，深不可测的湖边。

狄俄倪索斯　我怎么才能到对岸去呢？

赫剌克勒斯　你得给一个老船夫一两个小钱儿，他会领你上一条小船。

狄俄倪索斯　啊！一点儿小钱的作用总是很大的；它们怎么也跑到那下边儿去了？[34]

赫剌克勒斯　西塞阿斯把它们弄去的[35]。然后，你还会遇到无数的巨龙和可怕的怪兽。

狄俄倪索斯　你别来吓唬我，你不可能阻止我下去的。

赫剌克勒斯　然后，你会遇到大摊的淤泥和成堆的粪便。在这些淤泥和粪便中，有的人不公正地对待着新来的人；有的强暴着男童；有的用脚踢着自己的母亲；有的诅咒着，用拳头打着自己父亲的下颌。

狄俄倪索斯　和这些人在一起你得学会跳库尼西阿斯[36]的出征舞，或是能抄录墨尔西摩斯[37]的段子。

赫剌克勒斯　再往过去，会传来一阵阵的笛声。然后，你会看到一线光亮。就像这里[38]的光亮一样，十分美丽；你还会看到成群结队的快乐男女和听到很多的喝彩之声。

狄俄倪索斯　这些人是谁呀？

赫剌克勒斯　代奉秘仪的人们。

克桑西阿斯　（自言自语）我真是只扛着难题的驴[39]。唉，我再也不干了！ 160

他开始从身上卸下包袱。

赫剌克勒斯　那些人将回答你想问的问题。他们住得离你的路段很近，也离普路同[40]的家很近。好了，我的兄弟，祝你好运。

进屋。

狄俄倪索斯　多谢你了！嘻，（向克桑西阿斯）把包袱再背起来。

克桑西阿斯　我还没来得及放下它们呢。

狄俄倪索斯　快点儿，快点儿！

克桑西阿斯　我求你别了，你能不能从打这儿过的送葬的队伍里，租个死人过来。

狄俄倪索斯　我要找不着呢？

克桑西阿斯　那也只好我自己背着了。

狄俄倪索斯　这才对呢。瞧，有人在送葬了。嘿！我对你说呢，死鬼。你愿不愿意帮我驮点东西到哈得斯那儿去呀？ 172

死者　有多少东西？

狄俄倪索斯　就这儿这些。

死者　你能付我两块钱吗？

狄俄倪索斯　以宙斯的名义，便宜点不行吗？

死者　（对抬棺材的人）走吧，走吧。

狄俄倪索斯　等等，可怜的人，咱们再商量商量。

死者　两块钱，不然走人。

狄俄倪索斯　一块半。

死者　那还不如让我再活回来呢。

克桑西阿斯　你瞧这该死的！还挺傲慢，能得好死吗？还是我来背吧。

狄俄倪索斯　我就知道你是个好小伙子。咱们上船去吧。

卡戎[41]　坐好！

克桑西阿斯　这是什么呀？

狄俄倪索斯　这个？这就是他[42]所说的冥河。我还看到了那只小船。

克桑西阿斯　还有这个人，以波塞冬的名义，这不是卡戎吗？

狄俄倪索斯　卡戎，你好啊。卡戎，你好！

卡戎　是谁想到那远离罪恶的平静中去呀？到那忘川[43]的麦田去；到那剪驴毛儿的地方去[44]；到刻尔柏洛斯那儿去；到科拉基亚[45]和台那罗斯[46]去呀？

狄俄倪索斯　是我。

卡戎　那你就快上船吧。

狄俄倪索斯　你真的会去科拉基亚吗？

卡戎　为了不扫你的兴，是的。快上船吧。

狄俄倪索斯　奴隶，到这儿来。

卡戎　我可不捎奴隶。除非他参加过海战，从而洗净过他的一身牛皮肤。

克桑西阿斯　我没有参加过海战，因为我的眼睛里掉进了一颗麦粒儿。

卡戎　那你可得绕着河边自己走过去。

克桑西阿斯　我在哪儿等你们呢？

卡戎　在离平静不远的干石场那儿。[47]

狄俄倪索斯　你听明白了吗？

克桑西阿斯　明白得不能再明白了。唉，真倒霉，我出门前踩到什么晦气了！

下场。

卡戎　坐在桨这儿，谁要走，快上船。唉，你！你干什么呢？[48]

狄俄倪索斯　我干什么呢？我像你说的那样，坐在桨这儿了呀。

卡戎 我是说让你坐在这儿，烂肚子的。

狄俄倪索斯 是。

200 **卡戎** 别那么废话，撑稳了，然后划桨。

狄俄倪索斯 这怎么可能呢，我对大海和萨拉密斯[49]可一点也不懂。让我怎么划呀？

卡戎 很简单。你一把桨放到水里，便会听到动听的歌曲。

狄俄倪索斯 谁在唱歌儿？

卡戎 是鹅蛙在做好事儿。

208 **狄俄倪索斯** 那好，发号子吧。

卡戎 唉，噢吧；唉，噢吧。

船开动，传来阵阵蛙声。

蛙

哇呵，呱，呱，

哇呵，呱，呱。

沼泽和小溪的孩子们，

我们用甜美的嗓音唱着哦哦的歌儿；

哇呵，呱，呱，

我们歌唱利莫奈的狄俄倪索斯[50]，尼塞亚的天神[51]，宙斯的儿子。

这酒神从欢乐上来到我们人口众多的国度，

来参加壶罐的节日[52]。

哇呵，呱，呱。

狄俄倪索斯　我的屁股都疼了，呱，呱。

蛙　哇呵，呱，呱。

狄俄倪索斯　你们可是用不着交小钱。

蛙　哇呵，呱，呱。

狄俄倪索斯　去你的呱，呱，你们除了呱呱呱的，就没什么别的吗？

蛙

当然有，我的无艺不通的神仙。

怀抱着悦耳的七弦琴的缪斯们[53]，

和长着羊蹄子的吹芦笛的潘[54]

都十分疼爱我；

还有那弹竖琴的阿波罗

也和我们一起尽情欢乐，

因为是我们，喂养了他绑竖琴的苇子。

呵，呱，呱。

狄俄倪索斯　我的肚子里也充满了气，我的屁股也出了不少的汗，如果我现在撅起来的话，它可会告诉你们——

蛙　哇呵，呱，呱。

狄俄倪索斯　够了！快住嘴吧，你们这些多嘴多舌的家伙。

蛙

我们还要唱得更多呢，
比晴天时在野草里唱得更欢。
我们要在灯心草中跳跃，
我们要享受游泳和歌唱，
还有，在沼泽的底部，
当宙斯降下了阵阵的雨水的时候，
我们唱着欢乐的歌谣，
噗噗地吐着水泡。

249 **狄俄倪索斯**　噗呵，噗，噗。（大声地放屁）瞧，这就是我跟你们学来的。

蛙　这回我们可得受罪了。

狄俄倪索斯　我才更难受呢，我划着桨都快要爆炸了。

蛙　哇呵，呱，呱。

狄俄倪索斯　熏死你们才好呢，关我什么事儿。

蛙　我们要成天地叫喊，只要我们的喉咙允许。

狄俄倪索斯　噗呵，噗，噗，比这个你们可赢不了。

蛙　你也胜不了我们。

狄俄倪索斯　你们也休想压过我，永远不可能。如果需要的话，我会全天不停地放屁。我一定要在呱呱，噗噗上胜过你们，噗，噗。我就知道，我能成功地让你们停止你们的呱呱呱。

卡戎　噢！住口，住口吧！快把桨放到一边。下去，把船费给我。

狄俄倪索斯　把这两个小钱拿去吧。克桑西阿斯，克桑西阿斯在哪儿？

克桑西阿斯　在这儿呢。

狄俄倪索斯　过去。

克桑西阿斯上。

克桑西阿斯　你好啊，主子！

狄俄倪索斯　你那儿都是些什么呀？

克桑西阿斯　黑暗和泥潭。

狄俄倪索斯　你看到他[55]说的那些恶怪了吗？

克桑西阿斯　你没看见吗？

狄俄倪索斯 以波塞冬的名义，当然看见了。（对观众）我现在还看得见你们。唉，咱们现在该做什么？

克桑西阿斯 咱们最好还是向前走吧，因为这块地方儿有那个人[56]和咱们讲过的可怕的怪兽。

狄俄倪索斯 啊！他妈的，他那是成心吓唬我呢。他知道我是怎样的勇士，所以他心里不好受；谁也不如赫剌克勒斯更自傲。但愿让我见到那个妖怪，好别辜负了这次旅行。

克桑西阿斯 哦，我听到了一些声响。

狄俄倪索斯 哪儿，在哪儿？

克桑西阿斯 后面。

狄俄倪索斯 到我后面来。

克桑西阿斯 不，声音在前面。

狄俄倪索斯 到我前面来。

克桑西阿斯 以宙斯的名义，我看到了一个巨大的怪物。

狄俄倪索斯 什么样的？

克桑西阿斯 非常可怕，每一秒钟都在变换着模样；一会儿是公牛，一会儿是骡子，一会儿又变成了漂亮的女人。

狄俄倪索斯 在哪儿？在哪儿？快让我去。

克桑西阿斯　现在它不再是女人了，变成了狗。

狄俄倪索斯　唉呀！这是安普萨。[57]

克桑西阿斯　她的脸亮得像火焰一样。

狄俄倪索斯　她是不是有铜做的脚？

克桑西阿斯　不是的，你要知道，以波塞冬的名义，她的脚是驴粪做的。

狄俄倪索斯　我得躲到哪儿去呀？

克桑西阿斯　我呢？我又躲到哪儿去？

狄俄倪索斯跑到一个坐在观众席中显赫的位子上的祭司身边。

狄俄倪索斯　祭司呀，请保护我，让我们在一起一醉方休吧。

克桑西阿斯　咱们走错路了，赫刺克勒斯。

狄俄倪索斯　别叫我，伙计，咱们快别叫这个名字了。

克桑西阿斯　那好，狄俄倪索斯。

狄俄倪索斯　这个名字更糟。

克桑西阿斯　向前走，主子，就这样，这儿，从这儿。

狄俄倪索斯　什么，什么？

克桑西阿斯　别紧张，咱们没遇到什么特别的。咱们还可以像依耶罗霍斯一样说："暴风雨过后，我看到了猫。"[58]

瞧，安普萨走开了。

狄俄倪索斯　你得起誓。

克桑西阿斯　以宙斯的名义。

狄俄倪索斯　再起誓。

克桑西阿斯　以宙斯的名义。

狄俄倪索斯　起誓。

克桑西阿斯　以宙斯的名义。

狄俄倪索斯　我怎么一看见她，脸都变绿了。

克桑西阿斯　还有这位，由于害怕，脸却更红了。[59]

狄俄倪索斯　唉！我从哪儿招来了这么些磨难呀？哪一位天神想将我放弃不管了呢？是“天空，宙斯的家园”还是
311 “时间的脚”？[60]

克桑西阿斯　嘿！

狄俄倪索斯　怎么啦？

克桑西阿斯　你没听见吗？

狄俄倪索斯　听见什么？

克桑西阿斯　笛子的声音。

狄俄倪索斯　可不是吗。我还闻到了一种在神秘的仪式中燃点的火把的味道；咱们快悄悄蹲下，好听个清楚。

歌队　伊阿科斯，噢！伊阿科斯。

伊阿科斯，噢！伊阿科斯。

克桑西阿斯　就是这个，主子。他[61]和咱们说起过的，那些祭祀的人，她们正在这里庆典。她们歌唱着伊阿科斯[62]，就像在市场上一样[63]。

狄俄倪索斯　我也这么认为。我们最好还是安静些，以便听得更明白。 323

二　进场

由祭祀厄琉西斯秘仪的妇女们组成的歌队进场。

歌队

伊阿科斯，住在这里的，最受尊敬的人，
伊阿科斯，伊阿科斯，快快显灵，
好在草地上和你虔诚的信徒们翩翩起舞；
在你的头顶，戴上那枝叶茂盛、果实丰满的花冠；
再欢快地跳动起你的双脚；
让你的崇拜者的神殿里，
充满了美妙的节奏和激烈的舞蹈。

克桑西阿斯　尊敬的，高贵的得墨忒耳的女儿[64]，烤猪肉
339 的香味轻抚着我的鼻子，多么美妙啊。[65]

狄俄倪索斯 如果你再不闭嘴的话，你连猪肠子也得不到。

歌队

快醒来，伊阿科斯，伊阿科斯。

他的手中，带来了午夜祭奠的神秘火焰。[66]

草地被火光照得雪亮，

老人的双膝上也生出了翅膀，[67]

在这神圣的节日里，

他们忘记了折磨自己多年的悲伤；[68]

而你，

以你手中明亮的烛光，

引路吧，

带着这些新来的信徒们，

到满地鲜花的平原上去舞蹈。 353

歌队长

有一些我应该保持神圣的静默，

并和我们的歌队保持开相当的距离。

所有不能理解我的话语的人；

或是头脑不清洁的人；

还有那既没有观看过，

也没有参加过可敬的缪斯的狂欢舞蹈的人；
和那些不曾感受到吃牛的克剌提诺斯[69]的节奏的人；
或是那喜欢听淫秽的诗句，
又不选择适当的时间的人；
所有那些难于同他们的乡亲们共处，
又不去帮助消除分裂，
反而为了自私的利益而拨弄是非的人；
还有当暴风雨袭击城邦时，
作为君主，却接受不义的贿赂的人；
还有那为了将埃伊那[70]的非法者赶走，
而背叛了城邦，出卖了战船的人——
就像那将皮革，布匹和柏油带到了埃皮达夫洛斯[71]的
可怜的收税官索里基奥那斯[72]，
或是那建议给我们的敌人的船只送钱去的人；[73]
或者那低声唱着虚伪的赞美歌，
玷污了赫卡忒的祭坛的人，[74]
或是那装扮得像雄辩家一样，去裁判诗人的赏金，
只因为那诗人在酒神的节日里[75]讽刺了他的人；
向所有这些人，

我要一而再，再而三地说：
请远远地离开我们这信徒的歌队。
而你们，快快唱起颂歌， 371
做起午夜典礼的活动。

每个人都快活地来到长满鲜花的草地上，
尽情地跳跃，舞蹈，
相互间嬉戏，玩笑，
心中满是勇气。
快走，快扬起音乐的弦律，
大声唱起总是保佑着我们的家园的女神——
索忒伊拉[76]的赞歌，
才不管索里基奥那斯是否愿意。
你们要用另一些赞歌来歌唱水果丰登的女神，
戴王冠的得墨忒耳；
将她装扮起来，
唱着美妙的歌曲，脱去她的衣衫；
得墨忒耳，保佑我们这神圣的仪式的女神，
帮助你的歌队吧，

让我就这样整日地娱乐，
并欢快无误地舞蹈；
让我开很多的玩笑，
说无数的妙语；
当你的节日的宴席终于散去的时候，
让我最终得到那胜利者的花环。

现在，你们快用我们的歌队的鲜花，
来邀请那漂亮的[77]天神。

伊阿科斯，受人尊敬的神，[78]
你最了解我们这仪式的美好的愿望；
请跟我们来，
一起到女神那里去；
快指给我们一条不太累人的小路；[79]
伊阿科斯，爱跳舞的天神，
请和我们在一起，
你为了节省，把这碎布和草鞋再分成碎片，[80]
好让观众们笑掉大牙；

你找到了这办法，
我们既不受损，又有好的歌舞和娱乐。
伊阿科斯，爱跳舞的天神，
请和我们在一起，
看，此刻，
就在我斜眼一瞟的瞬间里，
从一个在打皱的衣服里大笑的美丽的小姑娘那儿，
我看到了她那裸露出衣服的
葡萄珠般的乳头。 413

狄俄倪索斯 我一直是个喜欢凑热闹的人，现在也真想和她在一起跳舞、玩乐。

克桑西阿斯 我也是，我也是。

歌队

你们想不想一起来开阿尔海提摩斯[81]一个玩笑？
他住在我们的家乡已有整整七年，
但亲戚却还一个也没找到。
现在他是地上那些没有灵魂的人的首领，
又是坏蛋的首屈一指的一个。
我听到了克里斯塞尼斯的儿子[82]如何在这坟头上

撕心裂腑地用眼泪洗着脸；
他跪在那儿拍打着地面，痛哭着，
还从“马拉卡活里”请来了哪位“塞阿密”[83]，
他说，“阿洛赫波尔诺斯”的卡利阿斯[84]，
曾经戴过狮子头，
还和女人的阴部打过海战。

狄俄倪索斯　你们能不能告诉我们，普路同住在哪儿？我们是外乡人，刚刚到达这里。

歌队　你不用再走太远，也不用再来问我。
要知道，你就在他的门前。

狄俄倪索斯　再扛起包袱，小伙子。

克桑西阿斯　到底要怎么样呀？咱们怎么总没完没了地重复一样的事情呢？[85]

歌队

现在，所有参加这圣典的人，
快从鲜花遍野的树林穿过，
到女神的圣地去。
而我，
却要去那姑娘们和妇女们通宵欢娱的地方，

去把这圣火传送给她们。

在那由野花装点的草地上，

开满了玫瑰；

来吧，

以我们最美的舞步

翩翩起舞；

随和的摩伊拉们[86]早已这样开始；

对我们这群狂欢的信徒，

太阳也散开了它的光芒；

我们的举动 459

得到了外乡人和本地人一致的尊敬。

三　第一场

狄俄倪索斯和克桑西阿斯来到普路同的门前。

狄俄倪索斯　现在，让我怎么来敲门呢？怎么敲？这儿的人都是怎么敲门的呢？

克桑西阿斯　别啰嗦了，使劲儿敲。你扮着赫剌克勒斯的模样，你就也该有他那么大的力气。

狄俄倪索斯　伙计，伙计！

埃阿科斯[87]打开门。

埃阿科斯　谁啊？

464 **狄俄倪索斯**　是勇敢的赫剌克勒斯！

埃阿科斯　嘿，是你呀！你这毫无羞耻的人；令人作呕的、不要脸的东西！臭家伙，奇臭无比的家伙。就是你，逮

住了我的看家狗——刻耳柏洛斯[88]。你牵着它的脖子，
把它夺走了。
现在你可摔进陷阱里来了。
斯提伽斯河[89]水里巨大的黑岩礁、
阿哈隆达斯那流血的石块，
和在革基多斯周围奔跑着的恶狗，
都狠狠地盯着你；
还有那百头的毒蛇[90]，
也将把你撕成碎片；
你的肺上会沾满塔尔狄西亚的水藻，[91]
里维斯的荷耳活洛斯们[92]
会把你的肠子和肾脏
一点儿一点儿地全部吃掉。[93]

克桑西阿斯　嘿，你干什么呢？ 478

狄俄倪索斯　我都快尿裤子了，你还不快喊天神！[94]

克桑西阿斯　快起来，傻瓜。别让外人看见你这样。

狄俄倪索斯　他走了，我简直快要晕倒了。给我拿块湿海绵来，让我的心平静平静。

克桑西阿斯　拿去，擦吧。唉，哪儿啊？

狄俄倪索斯擦后背。

克桑西阿斯 噢！尊贵的天神啊！你的心长在那儿吗？

狄俄倪索斯 我的心由于害怕，都从肚子底下滑走了。

克桑西阿斯 你简直是神和凡人中最胆小的一个。

狄俄倪索斯 我吗？我怎么能是胆小鬼，我不是向你要海绵了吗？别人是不会这样做的。

克桑西阿斯 那他会怎样？

狄俄倪索斯 他会坐在那里不敢动弹，而且会发臭起来，如果他是胆小鬼的话。而我呢，我站起来了，还洗涮了自己。

克桑西阿斯 不错嘛，小伙子。

狄俄倪索斯 我想是这样的。你难道就没有害怕他那可怕的言语和他的恐吓吗？

克桑西阿斯 我连在意都没在意。

狄俄倪索斯 那好，既然你这么勇敢，你的心也说它从不畏惧，那你干脆拿去这狮子头和短棒，变成我算了；这包袱呢，则由我来扛着。

克桑西阿斯 那就快给我吧，好让你相信我的话。

他们互换行头。

克桑西阿斯 看看我，赫剌克勒斯克桑西阿斯，看看我到底是不是个胆小鬼；看看我的心是不是也像你的那样发抖。

狄俄倪索斯 以宙斯的名义，你简直和迈里底[95]的那个混蛋一模一样。等等，等等，让我把这些包袱背起来。

从普路同的家里走出一女奴。

女奴 你来啦，亲爱的赫剌克勒斯，快进来！

珀耳塞福涅[96]一得知你来了，便立刻跑去和面做面包。她把两三个装有碎碗豆荚和豆子的锅放在火上，将炙热的火炭上架起了整头的公牛，并忙着烘烤甜点心和薄饼。因此，你还是快进来吧。

克桑西阿斯 谢谢，我并不想要这些。

女奴 啊，我可不会放你走！她已经开始在煮鸡了，还烤上了鹰嘴豆儿，又准备了烈性葡萄酒。你快跟我来吧。

克桑西阿斯 就不！

女奴 来来，别再开玩笑了，我当然不会放过你。里面有一个女笛子，像一只伶俐的小鸟儿；还有两三个舞女——

克桑西阿斯 你说什么？舞女？

女奴 她们都是些年轻的少女，刚刚脱过毛儿的，你知道是哪。来吧，大师傅已经把烤鱼从火上端了下来，并准备好了餐桌了。

克桑西阿斯　好，好！你快先进去，告诉舞女们我亲自来了。嗳，伙计！把包袱扛起来，跟上我。

521 **狄俄倪索斯**　等等，等等。你是不是把我开玩笑让你扮赫剌克勒斯这事儿当真啦？别再在这儿胡说八道了，还不快把这行头脱下来！

克桑西阿斯　这是怎么啦？你是说，你想从我这儿把你自己给我的东西再拿回去呀？

狄俄倪索斯　我可不光是说，我立刻就来拿。你把狮子头放下！

克桑西阿斯　我抗议！我要让天神来裁判。

狄俄倪索斯　你让哪位天神来裁判？就你？一个凡人，一个奴隶，也想变成阿尔克墨涅[97]的儿子，这不是太愚

533 蠢，也太荒唐了吗？

克桑西阿斯　好，好，拿去吧。但是，如果天神乐意，你总有一天会需要我的帮助的。

克桑西阿斯还给狄俄倪索斯狮子头和短棒，再次背起包袱。

歌队

看来，谁有头脑和主见，

谁才是真正的旅行行家；

他总是能落到船舱最安稳的部位，

也绝不会只停留在一个不动的地方；

他有着精明的计算，

总能找到更好的利益， 541

就像希拉迈尼斯[98]一样。

狄俄倪索斯 让一个奴隶——克桑西阿斯，在柔软的眠床上[99]打滚，搞一个舞女，还要让我来给他服务，甚至于还得让我玩着我的那个东西，来满足他的观淫癖，让这混蛋看够了，然后再让他一脚把我给踢开，踢碎我的门牙，这不也太可笑了吗！ 548

一个女旅店主走出来。看见狄俄倪索斯装扮得像赫剌克勒斯一样，便又叫出另一个女旅店主。

女店主甲 普拉萨尼[100]，普拉萨尼！到这儿来！这不是那个曾经住过咱们的店，还吃掉了十六根面包的那个蠢货吗？

女店主乙 啊！可不是他吗，以宙斯的名义。

克桑西阿斯 （自言自语）肯定有谁欺负过她。

女店主甲 还吃了二十份煮鱼，半块钱一份的。

克桑西阿斯 （自言自语）肯定得有谁来赔偿她。

女店主甲 还吃了数不清的大蒜。

狄俄倪索斯　我的女士，你疯啦？你简直不知道自己在说些什么。

女店主甲　你以为你穿了厚底靴[101]，我就认不出你来了吗？还有，我还没提过你喝掉的那些牛肚汤呢。

女店主乙　还有他吞下去的那些鲜奶酪。

女店主甲　后来，我刚一向他要钱，他便凶狠地瞪着我，向我喘着粗气。

克桑西阿斯　这是他的习惯，他一向这样。

女店主甲　他把剑拔出来，样子像个疯子。

女店主乙　对，我可怜的人，以宙斯的名义。

女店主甲　我们由于害怕，只好立刻逃到阁楼上去。他呢，却就此走掉了，顺手还把草席也拿走了。

克桑西阿斯　这也是他干得出来的事儿。

女店主甲　我们得行动起来；快去，叫我的保护人克勒翁[102]来。

女店主乙　还有你，也快去。见到我的主子依波尔乌罗，也叫他快来。

女店主甲　把他弄残废了！你这张可恶的臭嘴，但愿能让我像商人一样，用一块大石头把你打烂；让你把我的货物全部吃光。

克桑西阿斯　让我也来把你从悬崖上推下去。

女店主乙　我要拿把镰刀，割下你那吞掉我多少香肠的气管。

女店主甲　我去克瑞翁那儿，今天他就会把你送上法庭，让你偿还你的债务。

狄俄倪索斯　如果我不宠爱克桑西阿斯的话，那我可真是罪该万死了。

克桑西阿斯　我明白，我明白你在想什么。闭嘴吧，别来这一套，我说什么也不会再去当赫剌克勒斯了。 581

狄俄倪索斯　啊，你可别这么说，我的克桑——

克桑西阿斯　就我？一个凡人，一个奴隶，怎么可能变成阿尔克墨涅的儿子呢？[103]

狄俄倪索斯　我知道，我知道，你生气了，是你有理，你打我吧，我不会抗拒的。[104]这次如果我再反悔的话，就让我，我的老婆和我的孩子，还有那烂眼睛的阿尔海提摩斯都通通见鬼去吧。[105] 588

克桑西阿斯　有了这些誓言嘛，我才接受你的誓言。[106]

他们再次互换行头。

歌队

现在，既然你又穿上了刚才你穿过的服装，

再次重新以可怕的形象出现，
并保持着你所扮演的这个神的样子；
那么，你就该干点正事儿了，
因为，如果你讲出什么蠢话，
或是怯懦的词语，
我敢保证，
你是注定会再次去扛那些包袱的。

克桑西阿斯 好朋友，你们的意见非常正确。其实，现在我也是这么想的。我很清楚，当有好运气来的时候，他肯定会再把我脱光的。但我会成为勇敢的小伙子，我的眼光也会变得像野艾一样凶狠[107]。我已经准备好了，我听见门大声地打开了。

普路同的宫门打开，埃阿科斯和两个奴隶从里面出来。

埃阿科斯 快去把那偷狗的人捆起来，让他受到惩罚；快，别耽搁。

狄俄倪索斯 （自言自语）肯定有谁欺负过他。

克桑西阿斯 嘿，去他的！看谁敢过来。

埃阿科斯 嗬，还犯起拗来啦？提提拉斯、斯凯福利阿斯和帕尔多卡斯[108]，来人啊！打死他。

狄俄倪索斯 啊，去偷别人的财产，再把它们给毁了，这真是太可怕了！

埃阿科斯 简直难以置信。 612

狄俄倪索斯 太可恨，太恶劣了。

克桑西阿斯 以天神的名义，如果我曾来过这儿，或是偷过什么值一毫毛儿钱的东西，就让我死了吧。来，让我来帮你个大忙，抓住这个奴隶，打打他，[109]如果你们能找出来，我有哪儿做得不对，就把我带去杀了好了。

埃阿科斯 那我怎么拷问他呢？

克桑西阿斯 怎么都行。把他绑在树上，吊起来，揍他、抽他、扭他、让他背石头、往他鼻子上浇醋，干什么都行，只是别拿韭葱和鲜蒜打他。 623

埃阿科斯 你说得对。但如果我把你的奴隶打瘸了，我是不是还得赔偿损失呢？[110]

克桑西阿斯 不用，让他见鬼去吧。踏上亿万只脚，叫他永世不得翻身。

埃阿科斯 就在这儿吧，让他在你面前讲出来。快把包袱放下，小心点儿，别说谎。

狄俄倪索斯 我禁止你让他们来拷问我，因为我是不死的；

不然的话，你将会亵渎了你出生的时辰。

埃阿科斯　你说什么？

狄俄倪索斯　我说我是不死的，我是狄俄倪索斯，宙斯的儿子；而他，才是奴隶。

埃阿科斯　你听到他说的这些了？

克桑西阿斯　我听到了，这才应该让你揍他揍得更狠点儿。如果他真的是天神，他就不会痛。

狄俄倪索斯　好，既然你自己说自己是神，是不是也该让他

634 揍揍你呢？

克桑西阿斯　对，对，你看我们两个，哪个先受不住打，哭出声儿来，你就别把哪个称作是天神。

埃阿科斯　这是你的心里话，你自然有道理。都把衣服脱掉！

克桑西阿斯　你怎么才能把人们打得公平呢？

644 **埃阿科斯**　这很简单，每人一棒。

克桑西阿斯　行，让你看看我会不会发抖。

埃阿科斯　我打过你了，你感觉到了吗？

克桑西阿斯　以宙斯的名义，我没感觉到。

埃阿科斯　我去揍另一个。

狄俄倪索斯　什么时候？

埃阿科斯　嗳，我已经打了你了啊。

狄俄倪索斯　可我怎么连个喷嚏都没打呢？

埃阿科斯　我不知道，我再去试试这个。

克桑西阿斯　你怎么还不开始呀？啊，啊嘀！

埃阿科斯　什么啊嘀呜嘀的，你痛啦？

克桑西阿斯　当然没有，我在想什么时候在狄欧米亚过赫剌克勒斯节呢。[111] 651

埃阿科斯　真虔诚。让咱们再试试另一个。

狄俄倪索斯　噢，噢。

埃阿科斯　怎么啦？

狄俄倪索斯　我看到了骑马的人。[112]

埃阿科斯　那你哭什么？

狄俄倪索斯　被洋葱呛的。

埃阿科斯　你没感到什么别的吗？

狄俄倪索斯　我根本不在乎。

埃阿科斯　再去看看另一个。

克桑西阿斯　噢嘀。

埃阿科斯　怎么啦？

克桑西阿斯　还不快把这个小木片儿给我拿开。

埃阿科斯 这是怎么了呀？让我再去另一个那儿。

狄俄倪索斯 阿波罗啊！……得罗斯[113]和得尔福[114]的主人！

克桑西阿斯 他疼了，你没听见他叫吗？

狄俄倪索斯 我吗？当然没疼，我只是想起了希波那克达斯的诗句而已。[115]

克桑西阿斯 你什么也没想到。打他的屁股。

埃阿科斯 对，以宙斯的名义，把肚子转过去。

狄俄倪索斯 波塞冬啊！……

克桑西阿斯 这回可有人疼了。

狄俄倪索斯 统治那蓝色的深渊和爱琴海上的洞穴[116]的天神啊！

埃阿科斯 以得墨忒耳的名义，我实在搞不明白你们两个中谁到底是神。进里边来，我们的主子——普路同和珀耳塞福涅。他们自己便是天神，他们会识别出你们的。

狄俄倪索斯 你说得对，我真希望你能在我挨棒子以前就这么想。

全部进去。

四　插曲

歌队

缪斯啊！请保佑我们这神圣的歌队，
请和我们一起来，让我们的歌声更加美妙。
看看这众多的坐在下面的人群，
他们多么有智慧，多么有抱负，
比克勒俄丰[117]还要伟大，
那个人[118]扯着他那操着两种口音的嘴唇，
放着令人恶心的嘶哑的屁，
就像是站在野花上的特拉斯的燕子，
唱着夜莺的哀歌；
因为他知道，
如果真的有公平的竞争权的话，[119]

684 他是注定会被取消掉的。

神圣的歌队应当做正确的教诲，
并给城邦提供有效的建议；
首先，我们建议：
所有的人都应当成为公民，
还应当停止恐怖行为；
即便是有人
由于受了孚里尼赫斯[120]的小聪明的诱惑，
犯了错误，我认为，
也应该对他们施行谅解；
因为，这些人虽然走错了方向，
但却已经开始悔过，
我们就应当原谅他们；
这样，
城邦里就不会有人享受不到公民权；
对于那些只参加过一次海战，
就变得像普拉戴埃斯人一样，
从奴隶被转变成了公民的人，[121]

他们真该去害臊；
但我却不能说你们有什么不对，
相反，我赞成你们的做法，
这是你们能做的
唯一的明智的行为。 696
并且，你们还应该更加倍地去宽恕，
宽恕那些哪怕是你们的亲属所犯的过错；
因为，正是他们，及他们的父亲们，
曾多少次地
和你们并肩在海上作战；
请你们，
丢掉气恼，
你们的性情之初，
本是多么的聪慧；
让我们心甘情愿地
以平等的权力
去和所有那些
曾和我们一起打过海战的人
交朋友，做伙伴；

如果我们因为傲慢
而挺起肚皮，
装做老爷，
那么，
当我们的城邦
落到暴风巨浪的怀抱里的时候，[122]
我们才会明白，
先前没有做出明智的选择。

如果在危难的时候，
我能以正确的方法对待一个人，
那么，不会过多久，
这正在麻烦着我们的人，
就算他是个野汉子，
也会顺从地过来，
留守在我们的身边；
对那个矮子克里耶尼斯[123]，
我要说：像他这样的混蛋，
哪儿都不会再有；

在那卖着白垩、煤渣和臭肥皂的澡堂子里，
他看到了这些臭东西，
也会担心
别碰巧在他手头儿没有棍棒的时候， 717
它们会把他打晕，再剥去了他的衣服。

在我看来，
我们的城邦曾多次遇到过好人和高尚的公民，
我们旧日的
和新铸的钱币也有这样的经历；
早先的钱币不是伪造的，
人们也那么认真地去计算它，
好像那是最好的东西一样：
切割得正确、清脆透响儿；
不论是希腊人，
还是外邦人，都不胡乱地去用它；
这些昨天和前天还在通行的、
肮脏的、毫无艺术造型的铜币，
是一种时尚。 726

对于市民，也是一样，
那些我们知道，是出自好的家庭的、
高尚的、有名声的、
讲道理、又有道德的人，
那些在音乐、舞蹈和体育的熏陶下长大的人，
我们不去尊重他们；
而对那些刚移居到这儿的、
满身铜臭的、外乡的、红头发的、[124]
和那些自以为聪明的聪明人，
我们却提供给了他们一切；
而以前呢，
这城邦是连垃圾都不曾轻易接受的。
你们该改一改方式了！
你们这些自私的人，
要走回正路才是；
如果你们改好了，
高尚的人才会赞同你们；
如果你们改不好，
737 那就会尝到不被尊敬的滋味。

五　第二场

克桑西阿斯和一个仆人自普路同的宫中上。

仆人　以伟大的天神宙斯的名义，你的主子真是个棒小伙子。

克桑西阿斯　他怎么能不是呢，虽然他只知道饮酒和搞女人。

仆人　尽管已经证明出来，你才是装作主子的奴隶，可是他连打都没打你一下儿。

克桑西阿斯　如果他那样做了的话，他会后悔死的。

仆人　你做的就像奴隶们惯常做的一样，我也喜欢干这样的事儿。

克桑西阿斯　请问，你喜欢干什么？

仆人　我想，对于在祈祷的时候儿，偷着诅咒自己主人这种事儿，在新手儿里，我已经是大有成绩的了。

克桑西阿斯 你怎么不说说，你吃着他们的，却还在临走的时候嘟嘟囔囔这种事儿呢？

仆人 这事儿我也喜欢干。

克桑西阿斯 当你把好多东西给混在一起，把事情搞得一塌糊涂的时候呢？

仆人 嗯，那我很喜欢，简直喜欢极了。

克桑西阿斯 噢，保护所有奴隶的天神宙斯啊！那么，当你
749 偷听你的主人的时候呢？

仆人 那我可要疯了。

克桑西阿斯 还有，当你在外面嚼老婆舌头的时候呢？

仆人 我吗？我在那么干的时候，就像有一种射精似的快感。

克桑西阿斯 噢，太阳神阿波罗啊！快过来让我们相互亲吻问候；然后告诉我，以我们的保护神宙斯[125]的名义，那里面是什么喧闹和叫喊呀？是谁在相互咒骂？

仆人 是埃斯库罗斯和欧里庇得斯。

克桑西阿斯 哦！

仆人 在这死人的国度里，可出了大问题，引起了大骚动。

760 **克桑西阿斯** 为了什么原因呢？

仆人 在这儿，对那些伟大的和重要的艺术有一条法律，就

是只要是谁被认作比他的同行们更好，谁就可以被推上宝座[126]，还可以在普路同的国度里，再次戴上桂冠。

克桑西阿斯 我懂了。

仆人 直到出现一个在艺术上更出色的人，他就得把这位子让给那个人。

克桑西阿斯 那埃斯库罗斯的地位为什么动摇了呢？

仆人 他一直占有着悲剧的桂冠，像一个艺术上的最杰出者。

克桑西阿斯 现在，是谁把他取而代之了？

仆人 当欧里庇得斯来到这里，他把他的艺术，表演给小偷儿、窃贼和杀死自己父亲的凶手——这些人都是哈得斯这里的常客。他们一听到他的诡辩，他的对驳场和他的那些双关语，[127]简直都发疯了；立刻以为他是世界上最有智慧的人。[128]因此，这个人便得到了一直是埃斯库罗斯所坐的那个宝座。

克桑西阿斯 他们没向他扔石头吗？

仆人 没有，以宙斯的名义。但是，人们喊着要进行裁决，选出谁是最好的一个。

克桑西阿斯 就那些蠢蛋吗？

仆人 是呀，他们的喊声都震到天上去了呢。

克桑西阿斯　埃斯库罗斯就没有自己的信徒了吗？

仆人　好人总是少数的，就连这里也是一样。

克桑西阿斯　那普路同到底准备怎么做呢？

仆人　他马上就会宣布举行戏剧比赛，来裁判和审查他们的艺术。

克桑西阿斯　索福克勒斯怎么没去为自己争这宝座呢？

仆人　以宙斯的名义，他没有。那个人一下到这儿来，就立刻走到埃斯库罗斯身边，亲吻了他，还紧抓着他的右手，连要求都没有要求就放弃了争先的权力。现在，就像克里狄米狄斯[129]说的，他等着第二轮儿呢；如果埃斯库罗斯得胜了，他就会呆在原位；如果不，他则要去
794 与欧里庇得斯一试高低。

克桑西阿斯　会这样吗？

仆人　一会儿就开始。肯定会有重大的事情发生；他们将打开诗的天平——

克桑西阿斯　什么意思？他们会像称祭祀时的贡羊一样，来称悲剧吗？[130]

仆人　他们将拿来尺子和皮希[131]，来量一量诗句和模子的四连儿——

克桑西阿斯　他们这是做砖头呐？

仆人　量一量界线和楔子。因为，欧里庇得斯说，他们要一个字儿一个字儿地检查悲剧。

克桑西阿斯　我想，埃斯库罗斯会生气的。

仆人　他低下头，瞪着牛眼。

克桑西阿斯　由谁来裁判呢？

仆人　这个问题很难，因为他们两个作为智者，都有不足。而且，埃斯库罗斯不愿意让雅典人来做裁判——

克桑西阿斯　他肯定认为他们大部分都是小偷儿。

仆人　其余的人他又认为他们在理解诗的价值方面简直是傻瓜。最后，他们只好把裁判权交给了你的主人，因为他对这种艺术很精通。咱们进去吧，因为如果主子有什么麻烦，最终倒霉的还得是咱们。

进去。

歌队

那嗓音如雷的诗人心中
将燃起怎样的怒火呀，
他看着自己的对手，
牙关磨得咯咯作响；

他的双目由于疯狂而扭曲了；
戴着闪亮的铜盔和羽毛的词语，
在鲁莽的文章里，
将互相冲撞，
821 对激烈的诗人猛力攻击他的言词，
进行着自卫。
他捶打着自己多毛的前胸，
那茂密的毛发，
狂野地拧起了眉头；

他将向那个人[132]
抛去成捆的言词，
那言词，
就像是房梁被巨人口中的气吹得四处乱飞；
那时，那健谈的、出口成章的、
一直能不断滑出诗句的舌头，
翻动着妒忌的嘴唇，
829 大口地喘着粗气，
将诗句通通击得粉碎。

六　第三场

欧里庇得斯、狄俄倪索斯和埃斯库罗斯自宫中上。

欧里庇得斯 （向狄俄倪索斯）别再劝我了，我决不放弃这个位子，我敢说，在这行艺术中我比他强。

七　对驳

狄俄倪索斯　埃斯库罗斯，你听了他的话，为什么不言语？

欧里庇得斯　他一上来总是装腔作势，这是他在每出悲剧里每次都玩的一套把戏。

狄俄倪索斯　好朋友，你说话口气不要太大。

欧里庇得斯　我了解他，早把他看透了，他是个专写怪物的顽固诗人，舌头放肆不羁，嘴上没有分寸，没有门户，
839 不善于转弯抹角，吐出来的是一捆捆夸大的言辞。

埃斯库罗斯　菜园女神的儿子啊，这是真的吗？[133]你这个闲话搜集人，乞丐制造家，破衣织补者，你敢这样说我吗？别高兴得太早了。

狄俄倪索斯　住口吧，埃斯库罗斯，你别心怀旧恨而生气！

埃斯库罗斯　不，我要明白地指出，这制造瘸子、胆大包天的是个什么东西。

狄俄倪索斯　众小厮，快牵一头羊、一头黑色的羊来，因为飓风就要吹来了[134]。

埃斯库罗斯　（向欧里庇得斯）你曾经搜集克里特独唱曲，把不洁净的婚姻介绍到诗里。 850

狄俄倪索斯　最可敬的埃斯库罗斯，你且忍耐忍耐吧。可怜的欧里庇得斯，你要是聪明一点，就赶快抽身，躲避冰雹，免得他在盛怒之下抛出一些和你的脑袋一般大的字，打中你的太阳穴，打出一个忒勒福斯来[135]！你呢，埃斯库罗斯，也不要再发怒了，心平气和地批评他，也听听他的批评。诗人不该像卖面包的妇人那样对骂，你却像着火的冬青槲那样吼叫。 859

欧里庇得斯　我已经准备好了，决不退缩，我先啄他，或者随他愿意，他先啄我。这儿是我的对话、歌曲、悲剧的筋腱，这儿是——宙斯保佑我——我的《珀琉斯》《埃俄罗斯》《墨勒阿格洛斯》，还有《忒勒福斯》。

狄俄倪索斯　埃斯库罗斯，告诉我，你打算怎么办？

埃斯库罗斯　我愿意在别处比赛，在这儿比赛条件不公平。

狄俄倪索斯　为什么不公平？

埃斯库罗斯　因为我的诗没有随我而死，他的诗却随他而死了，可以由他拿出来念。但是既然你认为合适，就这样办吧。

狄俄倪索斯　谁去拿乳香来，拿火来，我要在他们的雄辩开始之前，求神帮助我把这场比赛评判得最合乎艺术精
874 神。（向歌队）你们向文艺女神们唱一支歌吧。

歌队

宙斯的女儿们，纯洁的处女，九位缪斯；
站在高处俯视着诗人们谨慎而精确的思维的女神；
当他们被复杂的辩论和难懂的对驳
搅进怨恨的时候，
请来看
他们相互抛扔着严厉的、措辞完美的诗句，
882 口舌是多么的厉害。
艺术的伟大的竞赛开始了。

狄俄倪索斯　你们两人在念诗之前，也向神祈祷吧。

埃斯库罗斯焚献乳香。

埃斯库罗斯　养育我心灵的得墨忒耳啊，但愿我不辜负你的

密教。[136]

狄俄倪索斯 （向欧里庇得斯）你也来献乳香吧。

欧里庇得斯 不，谢谢你，我所祈求的是一些别的神。

狄俄倪索斯 是你的私货——新铸的钱币吗？

欧里庇得斯 正是。

狄俄倪索斯 那么你就向你私有的神祈求吧。

欧里庇得斯焚献乳香。

欧里庇得斯 养育我的空气啊、舌头的枢轴啊、天生的机智和敏锐的嗅觉啊，保佑我顺利地驳倒我听到的论调。

歌队 （短歌首节）我们想听听你们两位聪明人在讨论对话和歌曲的时候，走上哪一条敌对的道路。（向观众）他们的舌头很凶恶，他们的精神很勇敢，他们的心跃跃欲试。我们预料其中一位会说出一些巧言妙语，另一位会把词儿连根拔起来，拿在手里向对方扑去，扔出许多滚来滚去的诗句。

狄俄倪索斯 你们现在赶快念，念一些美妙的诗，不要比喻，也不要俚语。

欧里庇得斯 关于我本人，我的诗是什么样子，回头再说，我现在先指出，这家伙是个江湖骗子，他用戏法欺骗佛律尼科斯[137]训练出来的观众，把他们当做傻子看待。他时常把一个角色——一个阿喀琉斯或者尼俄柏——遮盖起来，叫他坐在那里不露面——这是悲剧里的哑
913 戏，——一句话不说。

狄俄倪索斯　是的，一句话不说。

欧里庇得斯　他的歌队一连唱四支曲子，演员却闷声不哼。

狄俄倪索斯　我倒喜欢这种沉默，比起你们今天的絮絮叨叨来，更合我的心意。

欧里庇得斯　你要知道，这是因为你头脑简单。

狄俄倪索斯　是这样的。可是某某人为什么这样做？

欧里庇得斯　还不是走江湖的那套把戏，让观众老是猜尼俄
920 柏说不说话，戏才能演下去。

狄俄倪索斯　这个坏透了的东西，我叫他骗了！（向埃斯库罗斯）你跺什么脚，有什么不耐烦的？

欧里庇得斯　因为我批评了他。这样瞎闹了一阵以后，戏已经过去了一半，他才吐出十二个公牛一般大的字来，怪模怪样，眉毛和冠毛竖直了，没有一个人听得懂。

埃斯库罗斯　哎呀！

狄俄倪索斯　（向埃斯库罗斯）住口！

欧里庇得斯 没有一个字叫人听得懂。

狄俄倪索斯 （向埃斯库罗斯）你别咬牙切齿！

欧里庇得斯 全都是什么“斯卡曼德洛斯呀”“城壕呀”“铜打的格律普斯在盾牌上呀？”[138]悬岩一般的字，猜不出说些什么。

狄俄倪索斯 可不是，我也曾在漫长的夜里睡不着，猜想“黄褐色的马鸡”是什么鸟儿。

埃斯库罗斯 那是船头上画的标志，你这个大傻瓜！

狄俄倪索斯 我以为是菲罗克塞诺斯的儿子厄律克西斯呢！[139]

欧里庇得斯 那你就该把公鸡介绍到悲剧里来吗？

埃斯库罗斯 众神的仇敌啊，你又介绍了些什么呢？

欧里庇得斯 我敢当着宙斯说，不是你介绍的马鸡或羊鹿——波斯花毡上织的那种怪物。在我从你手里把悲剧艺术接过来的时候，她正塞满了夸大的言辞和笨重的字句，我先把她弄瘦，用短句子、散步闲谈和白甜菜来减轻她的体重，叫她喝一些从书里滤出来的饶舌液汁，再喂她一些抒情独唱——

狄俄倪索斯 （旁白）再加上刻菲索丰做作料。[140]

欧里庇得斯 我从不信口开河，从不冒冒失失就往故事里闯。

那首先出场的演员马上把剧中人物的家世交待清楚。

狄俄倪索斯 （旁白）我敢当着宙斯说，这比交待你自己的家世好。

欧里庇得斯 戏一开始，没有人闲着，我的女角色说话，奴隶也有许多话说，还有主人、闺女、老太婆，大家都有话说。

埃斯库罗斯 你这样胡闹，不应该判处死刑么？

欧里庇得斯 我敢当着阿波罗起誓，不应该，我是根据民主原则行事的。

狄俄倪索斯 算了吧，好朋友，在这上面你是站不稳的（谐“辩不赢的”）。

欧里庇得斯 此外我还教（指着观众）他们高谈阔论。

埃斯库罗斯 你教过他们，可是我愿意你在没有教他们以前，肚子先裂开死掉。

欧里庇得斯 我介绍巧妙的规则、诗行的标准；教他们想，教他们看，教他们领悟，教他们思考，教他们恋爱，要
958 诡计，起疑心，顾虑周全——

埃斯库罗斯 这是事实。

欧里庇得斯 我介绍日常生活、大家熟悉和经历过的事情，

我说错了，大家可以谴责，因为这些事情是大家知道的，可以对我的艺术加以指责。我从来不夸张，从来不把（指着观众）他们弄得糊里糊涂，从来不介绍什么库克诺斯、门农和他们马具上的铃铛，（指着观众）把他们吓坏了。你可以先看看他的徒弟的，再看看我的。他的是福耳弥西俄斯和马格涅斯人墨该涅托斯、胡子、枪手兼号兵、一边冷笑一边扳松树的强盗。[141]我的却是克勒托丰[142]和伶俐的忒剌墨涅斯。 967

狄俄倪索斯 忒剌墨涅斯吗？他是个聪明人，八面玲珑，不论在哪里跌进了祸事的泥坑，他总是一跤跌到底，又能从里头跳出来，不再是一个开俄斯人，而变成了一个刻俄斯人。[143] 970

欧里庇得斯 我的确向（指着观众）他们灌输过这样的智慧，把推理和思考介绍到艺术里，因此他们现在能观察一切，辨别一切，把他们的家务和别的事情管理得更好，观察得更周到。他们总是问："这是怎么一回事？叫我到哪里去找呢？是谁拿走了？" 979

狄俄倪索斯 这倒是真的，所以如今每个雅典人一回到家里，总是骂仆人，问"水壶哪儿去了？谁把鲱鱼头啃掉了？我去年买的碗不见了！昨天买的大蒜又哪儿去了？谁把厄莱亚果子咬了一口？”在从前，他们只是坐下来张着嘴发呆，是一些傻小子——一些墨利提得斯[144]。

歌队　（短歌次节）（向埃斯库罗斯）“啊，光荣的阿喀琉斯，你看见这情形”，怎么回答呢？只是……免得气疯了，跑到厄莱亚树外面去了[145]。他的话来势凶猛。高贵的人啊，你回答的时候，别生气，且把帆篷卷起来，只使用顶上的边缘，等风平浪静，再慢慢加快，相机进攻。

狄俄倪索斯　你这位首先创造崇高的诗词，美化悲剧的废物[146]的希腊诗人啊，你要勇敢地吐出语言的洪流。

埃斯库罗斯　我对我所处的境地感到愤慨，一想到我必须同这样一个家伙对吵，我就起反感。但是为了不让他说我无言对答，（突然转向欧里庇得斯）你回答我，人们为什么称赞诗人？

欧里庇得斯　因为我们才智过人，能好言规劝，把他们训练成更好的公民。

埃斯库罗斯　如果你不但没有做到这一点，反而把善良高贵的人训练成大流氓，你说你该受什么惩罚？

狄俄倪索斯　该受死刑，不必问他。

埃斯库罗斯 你想想，他原先从我手里接过去的是一些什么样的人？他们是高贵的人物，身长四腕尺，不是逃避公共义务的懦夫，不是像今天逛市场的懒汉、歹徒、无赖，而是一些发出枪杆、矛头、白鬃盔、铜帽、胫甲气味的英雄，有着七重牛皮[147]的心。 1018

狄俄倪索斯 来势凶猛，看样子他要打制铜盔，把我吓死。

欧里庇得斯 （向埃斯库罗斯）你是怎样把他们训练成高贵的人物的？

狄俄倪索斯 埃斯库罗斯，回答吧，别一味板起面孔生气。

埃斯库罗斯 我写过一出充满战斗精神的悲剧。

狄俄倪索斯 剧名叫什么？

埃斯库罗斯 《七将攻忒拜》，看过那出戏的人，个个都想当兵打仗。

狄俄倪索斯 这是你干的好事，鼓励忒拜人更勇于作战，你该挨打。

埃斯库罗斯 你们本来也可以那样训练，却干别的事去了。此外，我还上演过《波斯人》，赞美一件最崇高的功业，使你们永远想战胜你们的敌人。

狄俄倪索斯 我的确很喜欢听大流士的鬼魂说起我们的胜

1029 利，那时候歌队马上双手一拍，叫一声“哎哟”。

埃斯库罗斯 一位诗人应该这样训练人才对。试看自古以来，那些高贵的诗人是多么有用啊！俄耳甫斯把秘密的教仪传给我们，教我们不可杀生；穆赛俄斯传授医术和神示；赫西俄德传授农作术、耕种的时令、收获的季节；而神圣的荷马之所以获得光荣，受人尊敬，难道不是因为他给了我们有益的教诲，教我们怎样列阵，怎样鼓励士气，怎样武装我们的军队吗？

狄俄倪索斯 可是他没有把潘塔克勒斯那个大笨伯教会，那家伙前几天带领游行队的时候，先把盔套在头上，然后

1038 束鬃毛[148]。

埃斯库罗斯 可是他教出了许多别的勇士，包括英雄拉马科斯在内。我有意摹仿荷马，创造出一些帕特洛克罗斯和勇猛如狮的透克洛斯的各种英雄事迹，鼓励公民一听见号声就学他们的榜样。可是我凭宙斯起誓，我从来没有创造过淮德拉和斯忒涅波亚这类的妓女[149]，也没有人能指出哪一个谈情说爱的女人是我创造的。

欧里庇得斯 的确没有，因为你身上就没一点爱情的气味。

埃斯库罗斯 最好是没有。可是阿佛洛狄忒却狠狠压在你和

你的朋友们身上，把你推倒了。[150]

狄俄倪索斯 （向欧里庇得斯）是呀，这是事实，你写的是别人的妻子的私情，也正是这种私情害了你。

欧里庇得斯 你这可怜的傻瓜，我创造的这些斯忒涅波亚对城邦有什么害处呢？ 1049

埃斯库罗斯 你叫那些高贵的妇人、高贵的公民的妻子看了你创造的这些柏勒洛丰忒斯而感到羞愧，服毒自杀。

欧里庇得斯 难道我描写的淮德拉的故事不是真事吗？

埃斯库罗斯 是真事，可是一位诗人应该把这种丑事遮盖起来，不宜拿出来上演。教训孩子的是老师，教训成人的是诗人，所以我们必须说有益的话。

欧里庇得斯 你满口吕卡柏托斯山、帕耳那索斯高岩，这也算你教训我们的有益的话吗？其实你应当说人说的话才对。 1058

埃斯库罗斯 但是，你这倒霉的傻瓜，伟大的见解和思想要用同样伟大的词句来表达。那些半神穿的衣服比我们的冠冕堂皇，他们采用更雄壮的言辞也是很自然的。我好好地介绍来的东西，都叫你糟蹋了。

欧里庇得斯 怎么糟蹋的？

埃斯库罗斯 首先，你给那些国王穿上破布烂衫，叫观众可怜他们。

欧里庇得斯　这样做有什么害处呢？

埃斯库罗斯　那些富裕公民学乖了，再也不肯供应三层桨的战船，他们穿上破布烂衫，啼啼哭哭，说他们很穷。

狄俄倪索斯　我敢当着得墨忒耳说，里面还穿着细毛料衬袍。
1068 他们要是哄骗了城邦，就赶快跑到市上去花钱买鱼。

埃斯库罗斯　其次，你教人聊天，辩论，连摔跤学校也变得空荡荡，没有人去了，那些夸夸其谈的小伙子的屁股也变瘦了，你还劝那些帕剌罗斯[151]同他们的长官争辩。可是我在人世的时候，他们什么也不懂，只是嚷着要大麦粑粑，大声唱“划呀划”。

狄俄倪索斯　是呀，他们还对着最低层桨手的嘴放屁，给餐友们溅上屎，一上岸，就去抢人。可是如今他们却抗拒
1077 命令，不肯划桨，随风飘来飘去。

埃斯库罗斯　哪一样坏事不该由他负责？难道他没有介绍一些拉皮条的老太婆、在庙里生孩子的女人、同亲兄弟结合的姑娘，叫女人说“活着等于不活着”吗？所以我们的城邦充满了下等官吏和煽惑人心的卑鄙猴子，他们一直在欺骗人民，可是如今由于缺少锻炼，没有一个人能

举起火把赛跑。

狄俄倪索斯 当真没有了，我在雅典娜节见到一个白胖无力的小伙子搭拉着头，落在后面，怨天怨地，叫我笑得要死，在城门口，陶工区居民在他肚皮上、肋骨上、腰眼上、屁股上打了一顿，他挨了巴掌，放了几个屁，把火把喷熄了，然后溜之大吉。

歌队

太大的仇恨，太大的争执，狂野的战争正在酝酿。
当一方重重地打击，另一方又充满仇恨地回击，
能得出结论实在是太难了。
然而，你们不要老重复同样的东西，
还有很多别的方式和诡辩术。
你们有什么想要争吵的，就都说出来吧，
就充分地发挥吧，
把那些无论是旧的还是新的，
都拿出来剖析；
大胆地说出些典雅的、有哲理的东西。

然而，如果你们担心，观众是否没有文化，

以至于无法理解

你们那细致的诗句的含义，

一点儿也不用怀疑这一点。

现在和以前不一样了，人们都是出过征、打过仗的，

每个人手里都拿着书本，学着正确的东西。

现在的人们更聪明了，

他们的头脑也更敏捷了。

因此，都说出来吧，

1118 别为了观众而担心，因为他们，可都是哲人。

八　第四场

欧里庇得斯　（向埃斯库罗斯）现在评论你的开场诗。（向狄俄倪索斯）我要先审查这位大师的悲剧的开头部分，他的剧情介绍得不清楚。

狄俄倪索斯　审查哪一段？

欧里庇得斯　审查很多段。（向埃斯库罗斯）先把《俄瑞斯忒亚》中的一段念给我听。

狄俄倪索斯　全体肃静！埃斯库罗斯，你念吧。

埃斯库罗斯　（念）下界的赫耳墨斯，看着父亲的权力，

我来求你保佑我，帮助我作战，

我已经回到祖国，流浪归来。

狄俄倪索斯　这几行诗有哪一处可以挑剔？

欧里庇得斯　有十二处以上可以挑剔。

狄俄倪索斯　总共不过三行。

欧里庇得斯　可是每行有二十个缺点。

狄俄倪索斯　埃斯库罗斯，我劝你别打岔，要不然，除了批评你这三行短长节奏的诗而外，还要罚你呢。

埃斯库罗斯　我不打岔，让他说吗？

狄俄倪索斯　听我的话吧。

欧里庇得斯　一开头就犯了天大的错误。

埃斯库罗斯　（向狄俄倪索斯）你还没看出你说的是傻话？

狄俄倪索斯　不管傻不傻。

埃斯库罗斯　（向欧里庇得斯）怎么说我犯了错误？

欧里庇得斯　再从头念一遍。

埃斯库罗斯　（念）下界的赫耳墨斯，看着父亲的权力。

欧里庇得斯　这句话是俄瑞斯忒斯站在他先父坟上说的吧。

埃斯库罗斯　我不否认。

欧里庇得斯　他是说赫耳墨斯亲眼看见他“父亲遭遇暴力”，死于阴谋诡计，死在女人手里吗？

埃斯库罗斯　他不是向那个赫耳墨斯说话，而是向下界的帮助之神赫耳墨斯说话。他把意思交待得很清楚，说他的职权是从他父亲那儿得来的。[152]

欧里庇得斯 这就比我想像的还要错误，如果他的地下职权是从他父亲那儿得来的——

狄俄倪索斯 那么就他父亲传下的职业而论他是个盗墓贼。

埃斯库罗斯 狄俄倪索斯，你喝的酒一点香气都没有[153]。

狄俄倪索斯 给他再念一行，（向欧里庇得斯）你挑毛病吧。

埃斯库罗斯 （念）我来求你保佑我，帮助我作战，
我已经回到祖国，流浪归来。

欧里庇得斯 这个聪明的埃斯库罗斯把一件事讲了两遍。

狄俄倪索斯 怎么说讲了两遍？

欧里庇得斯 你注意他的诗句，我来讲给你听，他既说“我已经回到祖国”，又说“流浪归来”。“回到”和“流浪归来”是一回事。

狄俄倪索斯 是的，正如你向你的邻居说：“请把揉面钵借给我，或者借一个捏钵给我。”

埃斯库罗斯 （向狄俄倪索斯）你这个碎嘴子，这绝不相同，遣词也恰到好处。

欧里庇得斯 为什么不相同？告诉我，你是什么意思？

埃斯库罗斯 “回到祖国”适用于任何一个有家可归的人，表

示他回来了，不问他的情况如何；一个流亡者却是“回到祖国”，“流浪归来”。

狄俄倪索斯 我敢当着阿波罗说，妙极了！欧里庇得斯，你还有什么话可说？

欧里庇得斯 我不认为俄瑞斯忒斯是“得赦还乡”，因为他是偷偷地回来的，没有求得当局的许可。

狄俄倪索斯 我敢当着赫耳墨斯说，妙极了！（旁白）可是我不懂是什么意思。

欧里庇得斯 你再念一行。

狄俄倪索斯 埃斯库罗斯，赶快念吧。（向欧里庇得斯）你注意他的缺点。

埃斯库罗斯 （念）我在这坟头上召唤我的父亲！
请他听，用心听。

欧里庇得斯 他又把另一件事说了两遍，“听”和“用心听”显然是同样意思。

狄俄倪索斯 你这坏蛋，要知道，他是在跟死人说话，即使召唤三遍，他们也听不见。

埃斯库罗斯 你的开场诗又是怎样写的呢？

欧里庇得斯 我念给你听。如果我在哪一段里说了两次同样的话，或者你看见有不切题的堆砌，你就啐我一口。

狄俄倪索斯 你念吧，我要听听你的完美的开场诗。 1181

欧里庇得斯 （念）俄狄浦斯起初是一个幸福的人——

埃斯库罗斯 绝对不是，而是生来就不幸，在他还没有出世，还没有生存之前，阿波罗就曾预言他会杀他父亲，那么他起初怎么会是一个幸福的人呢？

欧里庇得斯 （念）后来成为人间最不幸的人。

埃斯库罗斯 绝对不是成为最不幸的人，而是始终不幸。怎么会是那样的呢？他出生的时候，正是冬天，他们就把他放在瓦盆里一起遗弃了，免得他长大成人，成为杀父的凶手，后来他双踝发肿，跛行到波吕玻斯那儿。年轻时候娶了一个老妇人，这个妇人并且是他的母亲，后来他弄瞎了自己的眼睛。 1195

狄俄倪索斯 即使他和厄剌西尼得斯一起当了将军，依然是一个幸福的人[154]。

欧里庇得斯 胡说；我的开场诗都是写得很好的。

埃斯库罗斯 我不再一行行挑你每一个词儿的错，而是靠神的帮助，用一个小油瓶撞烂你的开场诗。

欧里庇得斯 你要用小油瓶撞烂我的开场诗吗？

埃斯库罗斯　只要一个就够了。你的开场诗是这样写的，任何一个这样的词儿——“小皮垫”“小油瓶”“小口袋”，
1204 都可以安在你的短长节奏的诗行上。我可以马上证明。

欧里庇得斯　你能证明吗？

埃斯库罗斯　能。

狄俄倪索斯　那么你念吧。

欧里庇得斯　（念）埃古普托斯，流行的故事这样说，

带着五十个儿子航海而来，

在阿耳戈斯上岸——[155]

埃斯库罗斯　丢了小油瓶。

狄俄倪索斯　什么小油瓶？活该挨打！念另一段开场诗，让他再试一下。

欧里庇得斯　（念）狄俄倪索斯手执大茴香秆，

身披鹿皮，在松脂火炬照耀下，

在帕耳那索斯山跳舞——

1213 **埃斯库罗斯**　丢了个小油瓶。

狄俄倪索斯　哦！这小油瓶儿又把我们打中了！

欧里庇得斯　这算不了什么。在这段开场诗里，他就没法儿用“小油瓶儿”了。

“没有人是幸福的。

血统高贵的地主没有财富，

乞求着也没有……”[156]

埃斯库罗斯 丢了个小油瓶儿。

狄俄倪索斯 欧里庇得斯……

欧里庇得斯 怎么了？

狄俄倪索斯 我说咱们把船帆收起来吧，这个小油瓶儿还得吹不少风呢。 1221

欧里庇得斯 以得墨忒耳的名义，我才不在乎呢。现在咱们就把它[157]从他[158]手中夺回来。

狄俄倪索斯 好吧。你再说句开场诗，但离油瓶儿可得远着点儿。

欧里庇得斯 “从前，卡德墨斯，阿革诺尔斯的儿子，自希多纳离开……”[159]

埃斯库罗斯 丢了一个小油瓶儿。

狄俄倪索斯 可怜虫，你就把这小油瓶儿买下来吧，叫他别再糟践咱们的开场诗了。

欧里庇得斯 什么？让我从他那儿买？

狄俄倪索斯 你就听我的吧。

欧里庇得斯 不，我还有的是开场诗要念呢。这些诗他的油瓶儿是打不中的。

“佩洛普斯，坦塔洛斯的儿子，

1233 当他骑着飞奔的母马，来到皮萨……”[160]

埃斯库罗斯 丢了个小油瓶儿。

狄俄倪索斯 瞧见没有，他又来这个小油瓶儿了。行了，我的好人儿，你就给他点儿钱，把小油瓶儿买了吧。现在还来得及，才一个铜子儿，又好看。

欧里庇得斯 不，不，不。我还有很多开场诗。

“从前，伊内阿斯从地里……”

埃斯库罗斯 丢了个小油瓶儿。

欧里庇得斯 你让我把诗念完。

“从前，伊内阿斯从地里拾起长满果实的稻穗，

开始做祭祀……”[161]

1241 **埃斯库罗斯** 他丢了一个小油瓶儿。

狄俄倪索斯 做祭祀的时候吗？怎么丢的？

欧里庇得斯 别理他。你让他试试这个。

“宙斯，正如事实所说……”[162]

狄俄倪索斯 你饶了我吧，他又要说“丢了个小油瓶儿了”。

这些小油瓶儿在诗句中越长越多，就像眼睛里的砂眼一样。以天神的名义，你去说说悲剧的抒情歌吧。

欧里庇得斯 好，在这儿我可要证明他是怎样的一个蹩脚的音乐家了，他总是谱一些一成不变的曲调。

歌队

将会发生什么呀？
我非常好奇，
对于一个至今
还没有谁能在音乐上
比得过的诗人，
将找出他的什么样的缺点。
[我真的怀疑，
对于一个酒神的艺术家，
谁能找出错误，
因此我替他担心。][163]

欧里庇得斯 唱得真好！你一会儿就会知道怎么回事儿了。我把他所有的音乐都给你重复一遍。

狄俄倪索斯 那我赶快拿起卵石子儿来丈量。

欧里庇得斯

（唱）哦！佛提亚[164]的国王阿喀琉斯，

你听到这样的战斗，充满了残杀，

你怎么可能不跑去援助？[165]

我们这些居住在湖边的人，

应为赫耳墨斯，我们的祖先增光；

而你，怎么可能，不跑去援助？

狄俄倪索斯　埃斯库罗斯，你挨了两次“打击”了。

欧里庇得斯

（唱）阿特柔斯的儿子，强大的君主、

最光荣的阿开俄斯人啊，请注意我的话。

这打击，哎呀呀，怎么不来救呢？

狄俄倪索斯　埃斯库罗斯，你挨了三次“打击”了。

欧里庇得斯

（唱）肃静！女祭司来打开阿耳忒弥斯庙。

这打击，哎呀呀，怎么不来救呢？

我要提起那率领远征军的幸运的元帅，

这打击，哎呀呀，怎么不来救呢？

狄俄倪索斯　神之王宙斯啊，这么多的“打击”呀！我要去洗个澡。挨了这些“打击”，我这两个腰子已经肿起来了。

欧里庇得斯　别忙，听完了另一组用竖琴伴奏的抒情合唱曲，再说吧。

狄俄倪索斯　那你就唱吧，可不要再加进“打击”。

奏竖琴乐。

欧里庇得斯

（唱）阿开俄斯人双座上的元帅，希腊青年，
忒楞楞，忒楞楞！
斯芬克斯狗、灾难的主管者，被带到，
忒楞楞，忒楞楞！
报复的手拿着长矛，猛禽，
忒楞楞，忒楞楞！
被空中疾飞的猎狗抓去吃了，
忒楞楞，忒楞楞，
联军在压迫埃阿斯，
忒楞楞，忒楞楞！

狄俄倪索斯　什么“忒楞楞”？是马拉松的吼声，还是你从哪儿捡来的打水调？

埃斯库罗斯　这是我从英雄诗里带到英雄剧里来的，我可不

像佛律尼科斯那样，在文艺女神的神圣草原上采集同样的花朵。这家伙却从所有的妓女歌、墨勒托斯的饮酒歌、卡里亚的双管乐，以及挽歌、舞曲里东借西抄。我可以马上证明。谁把竖琴拿来！不必了，唱这样的歌曲何必要竖琴伴奏？拍贝壳响板的女人在哪里？欧里庇得斯的文艺女神啊，这里来，这些歌曲只合按照你的节拍
1307 清唱。

一位年轻姑娘拿着贝壳响板出场。

狄俄倪索斯 这位缪斯是不是因为从来没去过累斯波斯岛，所以还没变态[166]？

埃斯库罗斯

（唱）“哦！[167]在挡不住的海潮中歌唱的阿尔基诺[168]，
用清凉的水珠
润湿着你们的羽毛；
还有你们，
躲在角落里的蜘蛛，
在你们蛛网的屋檐下，
依依依地用织机编织着歌谣
和造作的诗句；

通向占卜的航线上，
爱艺术的海豚，
也在蔚蓝色的船头跳来舞去。
克拉桑西[169]，葡萄园的甜心，
除去各种痛苦的植物[170]，
来吧，我的孩子，拥抱我。”
你瞧见这个臭脚[171]了吗？

欧里庇得斯 瞧见了。

埃斯库罗斯 还有这个，你看到了吗？

欧里庇得斯 看到了。

埃斯库罗斯 你谱出了这样的曲子，你的歌儿都好像是按照妓女基利尼的十二种姿势造出来的[172]，你还有胆量来指责我？我就是你的音乐，但我还是想看看你是怎么创造你的独唱歌的。

（唱）“哦！漫长黑夜的黑暗啊，
你给我带来了怎样的悲哀的梦境，
那是隐身的哈德斯的预告。
没有灵魂的灵魂，
黑暗的孩子，有着可怕的面孔

身上穿裹着黑色的寿衣，
眼中流淌着鲜血。
多么恐怖，多么疯狂的漫长黑夜。
来吧，姑娘们，点燃油灯，[173]
为水瓶中注满清凉的河溪，
将水烧热，
为神祇送来的梦境沐浴。
哦！海洋的恶魔，我的邻居，
看看这可怕的情景吧。
克里基偷去了我的公鸡，
却逃之夭夭。
众山的新娘，
还有你，玛尼亚[174]，快去把她捕捉。
而我这个可怜的人，
我的脑子
全在我的作品上，
依依依地将僵硬的亚麻缠进纺锤，
想织出麻线，
在清晨日出时

拿到市场上去卖。
而它[175]呢，飞走了，飞走了，
扇着轻飘的羽毛飞向苍天；
只给我留下，痛苦，痛苦，
眼中充满了泪水，泪水。
你们，克里特的姑娘们，伊达[176]的后代，嘿！
拿起弓来，准备战斗，嘿！
快点儿行动，将房屋嘿！围起！
和你们在一起的是狄克婷娜[177]——
带着猎狗的美丽的处女神阿耳忒弥斯，
快来将屋子里里外外搜个遍。
而你，宙斯的女儿，赫卡忒[178]，
快将那双头的火把
自你手中高高举起，
照亮室内，好让我进去把刻里基捉拿。”

狄俄倪索斯　行了，唱得够了。

埃斯库罗斯　我想也够了。现在我得把它们拿到秤上去，把咱们的诗歌的质量磅一磅。它可以把这些诗句的重量都称出来。

狄俄倪索斯 你们到这儿来。既然我摊上了这事儿，就让我来称称这些诗句，就跟称奶酪似的。

歌队

聪明的人可从来不怕麻烦。
这儿又产生了新的奇迹，
又新鲜、又奇怪，
真是让人意想不到。
要是谁无意中这样告诉我，
以天神的名义，我可不会信，
我一定以为，
1377 他是在信口开河、胡言乱语。

狄俄倪索斯 快，快把秤装满。

埃斯库罗斯与欧里庇得斯 好嘞！

狄俄倪索斯 你们每个人拿一个秤，然后对着它念你们的句子。在我喊“咕咕”以前，千万别把秤放下。

埃斯库罗斯与欧里庇得斯 我们把秤拿起来了。

狄俄倪索斯 把诗句说出来，放在秤上。

欧里庇得斯 “啊！但愿阿耳戈船不曾飞过那……”[179]

埃斯库罗斯 “哦！斯佩尔希奥斯河[180]，哦！草地……”[181]

狄俄倪索斯 咕咕。

埃斯库罗斯与欧里庇得斯 我们把秤放下了。

狄俄倪索斯 这个秤上的诗句重[182]。

欧里庇得斯 那为什么?

狄俄倪索斯 为什么?他把那么条大河都放进来了，把诗句弄得湿漉漉的，就像投机商卖的羊毛似的。而你却在你的诗句里放了羽毛。

欧里庇得斯 那就让他再念一句来称。

狄俄倪索斯 你们再把秤举起来。

埃斯库罗斯与欧里庇得斯 好嘞。

狄俄倪索斯 念吧。

欧里庇得斯 “规劝的庙宇只能用语言建造”[183]

埃斯库罗斯 “死亡不接受任何礼物”[184]

狄俄倪索斯 把秤放下。

埃斯库罗斯与欧里庇得斯 放下了。

狄俄倪索斯 这次埃斯库罗斯的诗句又重了。他把死亡放进来了，这可是最重的不幸了。

欧里庇得斯 我用的是规劝，这才是最好的诗句。

狄俄倪索斯 规劝太轻了，又没有意义。你再找点儿更重、

1399 更硬、更大的东西，它们得把秤砣压下来才行。

欧里庇得斯 我上哪儿找这些东西去？哪儿？

狄俄倪索斯 让我告诉你：“阿喀琉斯甩出了两张王牌和一张四”[185]

行了，快说吧，这是最后一秤了。

欧里庇得斯 “他夺过一块像铁一样重的木头”[186]

埃斯库罗斯 “死亡上压着死亡，战车上压着战车”[187]

狄俄倪索斯 他可又把你玩儿完了。

欧里庇得斯 怎么了？

狄俄倪索斯 他放了两架战车和两个死亡，一百个埃及人也抬不起来[188]。

埃斯库罗斯 我说咱们别一句一句地比了，你干脆让他，这个基菲索人[189]，自己站到秤上来，再放上他的孩子、

1410 老婆、他的书。而我，只用再念两个句子……

冥王普路同自宫中上。普路同……

狄俄倪索斯 他们两人都是我的朋友，我不好评判。我不愿成为任何一方的仇敌。我认为他们当中有一个很聪明，有一个却讨我喜欢。

普路同 你为这事而来，又不想进行了么？

狄俄倪索斯　假使我评判了，又怎么样呢？

普路同　你评判哪一个得胜，就带哪一个走，免得白来一趟。

狄俄倪索斯　谢谢你！（向埃斯库罗斯和欧里庇得斯）请听我解释，我是下来迎接诗人的。

欧里庇得斯　为什么要迎接诗人？ 1418

狄俄倪索斯　为了挽救城邦，举行歌舞。你们两人谁对城邦提出更好的劝告，我就迎接谁。首先，你们对亚尔西巴德[190]怎样看？城邦对这件事正在为难。

欧里庇得斯　但是城邦对他怎样看呢？

狄俄倪索斯　怎样看吗？又思念他，又憎恨他，又想把他召回。请把你们对他的看法告诉我。

欧里庇得斯　我憎恨一个对祖国援助何其迟、伤害何其快、
对自己私事有办法、对城邦公益束手无策的公民。 1430

狄俄倪索斯　波塞冬啊，这话妙极了！（向埃斯库罗斯）你怎样看？

埃斯库罗斯　不可把狮崽子养在城里，既然养了一头，就得迁就它的脾气。

狄俄倪索斯　救主宙斯啊，这可真难评判。有一个说得巧妙，另一个说得透彻。你们每人再说说对城邦的安全有

什么办法。

欧里庇得斯 只要有人把喀涅西阿斯当作翅膀粘在克勒俄克
1442 里托斯肩上，清风就能把他们吹送到大海。倘若进行海
战，他们可以拿起醋瓶子向敌人眼中洒醋。

狄俄倪索斯 倒也好笑，可是是什么意思呢？

欧里庇得斯 我知道，愿意告诉你。

狄俄倪索斯 快说呀！

欧里庇得斯 当我们认为现在所不信赖的可以信赖、现在所信赖的不可信赖的时候——

狄俄倪索斯 什么？我没有听懂。请你讲明白一点，少卖弄一点聪明。

欧里庇得斯 只要我们不再信赖现在所信赖的公民，而起用
那些未被起用的人，我们就有救了。眼下我们虽然遭遇
1450 不幸，但是只要走相反的路，一定能得救。

狄俄倪索斯 帕拉墨得斯啊，妙极了！你真是一个聪明绝顶的人！这是你自己还是刻菲索丰想出来的？

欧里庇得斯 是我自己想出来的，醋瓶子是刻菲索丰想出来的。

狄俄倪索斯 （向埃斯库罗斯）你呢？有什么意见告诉我？

埃斯库罗斯 你先告诉我，城邦任用的是什么人。是好人吗？

狄俄倪索斯 怎么可能？他恨透了好人。

埃斯库罗斯 难道它喜欢坏人吗？

狄俄倪索斯 说不上喜欢，没办法，只好将就任用。

埃斯库罗斯 穿呢的也不合适，穿皮的也不合适，这样的城邦，我们怎能挽救？

狄俄倪索斯 看在宙斯的分上，快想办法，要是你想回到人世的话。

埃斯库罗斯 等我到了那里再告诉你，在这里我不愿意说。

狄俄倪索斯 快不要这样讲，就从这里把你的忠告送上去。

埃斯库罗斯 只要他们把敌人的土地当作自己的，把自己的土地当作敌人的，把战船当作财富，把财富当作贫穷。

狄俄倪索斯 说得妙，但是陪审员把它侵吞了。

普路同 （向狄俄倪索斯）现在评判吧。

狄俄倪索斯 我要这样评判：我挑选我心里喜欢的人。

欧里庇得斯 你曾经当着众神立誓，答应带我回家，现在你记住那些神，选择你的朋友吧。

狄俄倪索斯 “我只是嘴上立了誓”[191]；我挑埃斯库罗斯。

欧里庇得斯 啊，人中最卑鄙的人，你干的是什么事？

狄俄倪索斯　我么？我评判埃斯库罗斯得胜。怎能不这样评判呢？

欧里庇得斯　你干了这件可耻的事，还好意思见我么？

狄俄倪索斯　如果观众不觉得可耻，又有什么可耻呢？

欧里庇得斯　没心肝的东西，你竟自眼看我死了吗？

狄俄倪索斯　谁知道生不过是死，呼吸不过是吃喝，睡眠不过是一张羊皮？

普路同　狄俄倪索斯，二位请进。

狄俄倪索斯　进去干什么？

普路同　给二位饯行。

1481 **狄俄倪索斯**　你说得真好，这个我乐于接受。

普路同引狄俄倪索斯和埃斯库罗斯进宫，欧里庇得斯随入。

九　退场

歌队

头脑丰富、强壮的人，
才是幸福的。
很多东西都可以证明这一点。
因为，谁展示了
知识和智慧，
谁就能重返阳世。
他拥有善德，
这对朋友和亲人都好，
对他本人及城邦也有益处。

你最好别和苏格拉底坐在一起，
喋喋不休。
放弃诗歌，
放弃任何
高雅的悲剧艺术。
你这样在故作深沉的诗句里
和没有意义的对话中
浪费时间，
1499 真是再清楚不过的蠢行为。

狄俄倪索斯、埃斯库罗斯和普路同自宫中上。

普路同 埃斯库罗斯，祝你一路平安，前去用善良的劝告挽救我们的城邦，教训那些愚蠢的人，那种人如今多极了，把这个（给埃斯库罗斯一把剑）带去交给克勒俄丰，把这些（给埃斯库罗斯两个活套）交给税务员密耳墨克斯和尼科马科斯，把这个（给埃斯库罗斯一碗毒芹汤）交给阿刻诺摩斯，告诉他们赶快到这里来，不得迟延，倘若他们不赶快下来，我敢当着阿波罗说，我要给他们打上烙印，套上脚镣，把他们，连同琉科罗福斯的
1514 儿子阿得曼托斯一起，很快就押到地下来。

埃斯库罗斯 一定照办。请把我的位子交给索福克勒斯，由他看守，直到我再回到这儿的时候为止。论才华，我认为他仅次于我。千万记住，别让那坏东西、那撒谎的人、那卑鄙的家伙坐在我的位子上，即使他不愿意坐。

普路同 （向歌队）你们为他们把神圣的火炬点燃，唱着他的歌曲送他上去。 1527

狄俄倪索斯和埃斯库罗斯向观众左方的出口慢慢退出。

歌队长

（唱）地下的神灵啊，诗人正动身回到阳光里，
请赐他一路顺风，赐他高明的见解
为城邦造就莫大的幸福，今后我们
再不会有巨大的忧患和痛心的刀兵交锋了。
且让克勒俄丰和（指着观众）其他好战的人，
回到他们自己祖国的土地上去作战吧。 1533

狄俄倪索斯和埃斯库罗斯自观众左方下，歌队随下。普路同进宫。

注　释

［1］ 赫剌克勒斯是“众神之父”宙斯与阿尔克墨涅（见注［97］）的儿子，传说中的希腊著名英雄，以孔武有力而流传后世。在他刚出生八个月的时候，便杀死了天后赫拉派来谋害他的两条巨蛇。十八岁的时候，他杀死了一头巨大的狮子，并用狮子皮做了一件披篷和一个头盔。他曾经立下十二件大功劳，其中一件便是从冥府中活捉了狗头龙尾的地狱看门狗刻耳柏洛斯（见注［31］）。

［2］ 狄俄倪索斯是“众神之父”宙斯与塞墨勒的儿子，希腊神话中的酒神和狂欢之神，也兼管艺术。在古代希腊，每年春秋两季都要举行盛大的集会，人们尽情欢歌乐舞，还要举行各种竞技以及诗歌、戏剧比赛，用以祭祀酒神，祈求土地肥沃，田产丰收。狄俄倪索斯经常头戴用葡萄藤做的环饰，手拿缠着常春藤的酒神杖，带领着他的一群快活的

随从们漫游世界。因此，当此时他戴着狮子头、拿着短棒出现，立刻起到了一种喜剧效果。

［3］ 赫剌克勒斯青年时杀死了基塔隆山上的一只巨大的狮子，剥了它的皮，把它披在身上当衣服，又把狮子的大头戴在头上当作战盔。他还从涅墨亚圣林中连根拔起了一棵坚硬的榛树，用它做了一根短棒。因此，狮子头及短棒便成为了赫剌克勒斯的标志。

［4］ 佛律尼科斯（Phrynichos）是古代雅典喜剧诗人，至少写了十五部喜剧。他曾以他的喜剧与阿里斯托芬的《蛙》进行比赛。他的作品很少保存至今，公元前 405 年后逝世于西西里。

［5］ 里基斯和阿墨普西阿斯都是古希腊喜剧诗人。阿墨普西阿斯与阿里斯托芬同时代，公元前 423 年曾以《孔诺斯》参加戏剧比赛，获二等奖；当年阿里斯托芬的《云》只获得了三等奖，阿里斯托芬在该剧第二版中，忿忿不平地抱怨那次失败。

［6］ 阿里斯托芬这里似乎想起了荷马的诗句：“因为人们身陷患难，很快会衰朽。”（《奥德赛》第十九卷第 360 行）“……极度悲伤，老态龙钟提前进入暮年。”（《奥德赛》第十五卷第 357 行）以上两行诗句译文引自王焕生翻译的荷马史诗《奥德赛》1997 年版，人民出版社出版。

［7］ 狄俄倪索斯是酒神，故称自己为“酒杯的儿子”。

［8］ 这里指阿尔伊努萨海战，凡是参加过那次海战的奴隶，战后都获得了解放。

［9］ 得墨忒耳是第二代天神克洛诺斯与瑞亚的女儿，宙斯的长姐。她掌管农业和婚姻，是古代希腊奥林匹斯山十二主神之一；她与宙斯生了司春女神珀尔塞福涅（见注［96］）。

［10］ 指一种有着枯黄颜色的袍子，这种袍子一般是妇女穿的；同时，也是酒神及其随从们在祭祀酒神节时套在长袍外面的一种服饰。

［11］ 赫剌克勒斯被狄俄倪索斯不男不女的装扮搞得十分惊奇。这里之所以引用厚底靴（一种古希腊罗马戏剧演出时，演员们在舞台上所穿的底子加厚了的靴子，用以提高演员的身高），可能是因为它男女都能穿。阿里斯托芬在此剧里曾多次用厚底靴来讽刺不同的人物。（见注［98］））

［12］ 克里斯塞尼斯经常出现在阿里斯托芬的作品里，用以讽刺那些天生的生理不健全的人及同性恋者。

［13］ 指欧里庇得斯的《安德洛墨达》（*Andromeda*），是一部简朴的、纯洁的恋爱故事，剧本并未保存至今。

［14］ 古代学者狄底摩斯（Didymus）认为，曾经有两个墨罗那斯；一位是大个子的演员墨罗那斯，另一位是小个子的窃贼墨罗那斯。此处比喻着应该是前者。

[15] 哈得斯是第二代天神克洛诺斯与瑞亚的儿子，宙斯的兄弟，地狱之神，地下王国塔耳塔洛斯的主宰；他夺走了农业女神得墨忒耳的女儿珀尔塞福涅，并娶她为妻。他的罗马名字是普路同。

[16] 古代注释者认为，这个句子来自于欧里庇得斯的《俄纽斯》（*Oineus*）。

[17] 伊俄丰（Iophon）是索福克勒斯的儿子，也是一位悲剧作家。看来，他的父亲曾在他的创作中给以帮助。这一点，阿里斯托芬在本剧的第78—79行中，也曾提及。

[18] 比喻他能写出什么样的作品。

[19] 指地府。

[20] 此处原文用的是“敲铃儿”一词，注释者们对此有很多种解释。一说，在古代人们用铃声来试验家禽和马，如果它们能承受铃声，则证明它们是勇敢的，并且可作为战马去上战场；一说，以同样的方法——敲打瓶瓶罐罐，来试验瓶子是否在质地上发生裂漏；再有，当古时城中有卫兵把守时，卫队长会敲着铃在街上走来走去，用以提醒卫兵们保持警惕。

[21] 指地府。

[22] 阿伽同（Agathon，公元前447—前400），悲剧作家。阿里斯托芬曾在《地母节妇女》里对阿伽同进行攻击，指责他将一些新的东

西引进到戏剧里，如他剧中的人物不是神话里的人物，而是凭空想像出来的；他在歌队里加入了“插曲”，即完全与戏剧情节无关的唱段。阿伽同于公元前 416 年第一次在戏剧比赛中获胜，并于公元前 407 年离开了使他享有盛誉的雅典，去到了马其顿，过着奢华的生活。阿里斯托芬在以下几句诗里对此也有所提及，说道：“他到理想国找乐儿去了。”阿伽同没有什么作品流传至今，只有一些残段保存在柏拉图及阿特奈乌斯（Athenaeus）的作品里。

[23] 指卡喀努斯（Cachinus，一译卡尔基诺斯，诗人）的儿子，是他所有三个儿子中最有名声的一个。

[24] 毕萨格罗斯是一位毫无水平又毫无道德的悲剧诗人。

[25] 古代注释者指出，这句话源自欧里庇得斯的《阿尔克墨涅》（*Alkmene*，见注［97］）。阿尔克墨涅钟情于丈夫，自愿替丈夫去死。

[26] 古代希腊每年都要举行戏剧比赛，雅典的第一次悲剧比赛是在公元前 535 年举行的。诗人先要获得允许，得到参赛权，才能公演他的作品；能获得公演权也是一种荣誉。

[27] 被认为是欧里庇得斯的诗句。

[28] 对欧里庇得斯的《希波吕托斯》（*Hippolytus*）一剧中诗句的模仿。此剧以描写变态的恋爱心理见著。

[29] 注释者指出，这句也很可能是对欧里庇得斯的《安德洛玛

刻》(*Andromache*，公元前 410 年)中诗句的模仿。

[30] 狄俄倪索斯这里是在嘲笑赫剌克勒斯也来谈论艺术，还不如让他说点儿吃喝上的事情，那些东西他倒是知道得多些。

[31] 刻耳柏洛斯是守卫冥府塔耳塔洛斯入口的恶狗，长着龙的尾巴，尾巴后面又生有各式各样的蛇头。它防止活人进入冥府，赫剌克勒斯的第十二项功劳便是到冥府活捉了这个怪物。

[32] 这里指药剂师用的捣子，用以将药捣碎，做成汁液。

[33] 雅典城郊的一个地区。

[34] 指冥府。这里指古代的一种传统：在死者的口中放两个“俄玻罗斯”。“俄玻罗斯”是古代货币，六个“俄玻罗斯”合一个“德拉克马”。在古时，“德拉克马”价值很高；现代仍作为希腊货币。

[35] 指西塞阿斯(神话中主持祭祀牺牲的神)在帮助冥王劫夺珀耳塞福涅入地府时，曾受到过两个俄玻罗斯的诱惑。

[36] 库尼西阿斯是雅典的“酒神颂”诗人，著名的七弦琴手墨利多斯之子。他大约生于公元前 450 年，卒于公元前 390 年，他以目空一切而臭名昭著。

[37] 墨尔西摩斯是一位悲剧诗人。

[38] 指人间。

[39] 在举行厄琉西斯秘仪(Eleusinian mysteries)时，从城里到

厄琉西斯的路上，所有备用的东西都驮在驴背上。

［40］ 普路同是地狱之王哈得斯或地狱本身的另一名字。

［41］ 卡戎是地狱里的一个小神，专门在冥河上为死人摆渡。平时他扮作一位老人，身穿破衣，手执木橹，只让过去，不放人回来。传说只要在举行葬礼时将一枚小钱放入死者口中（见注［34］），他才会将灵魂摆渡过冥河；而那些没有举行葬仪的死者，在被允许登上他的渡船之前，往往要在岸边流浪几百年的时间。

［42］ 指赫剌克勒斯。

［43］ 指冥土所管辖的五条河之一勒忒河，意思是“忘河”或“迷魂川”，喝一口它的水，便会把阳间的一切忘却。

［44］“剪驴毛儿的地方”，也就是指不存在的地方，因为驴是从不用剪毛儿的。这句话已成为成语，用以比喻不可能的事物。

［45］“到科拉基亚去”引自古代诅咒，因为科拉基亚是雅典境内一处极陡峭的地方，古时是军事基地，专门用做执行罪犯的死刑。

［46］ 古人认为的通往地狱的入口。

［47］ 注释者认为，阿里斯托芬用这句话暗示“死者”，即已经干枯发硬的东西。

［48］ 卡戎的意思是让狄俄倪索斯坐在桨边，好划桨开船。而狄俄倪索斯却未明其意，坐在了桨上边。

[49] 萨拉密斯是距雅典不远的一个海湾，希波战争期间，希腊人曾在那里和波斯人进行过决定胜负的萨拉密斯海战，希腊舰队（半数以上由雅典人组成）最终击退了波斯舰队，从而有效地消除了当时波斯人对希腊的威胁。

[50] 利莫奈是雅典境内的一个地区，意思是“湖”；在那里有狄俄倪索斯的庙。

[51] 据古代神话，宙斯为了保护自己的儿子狄俄倪索斯不受天后赫拉的迫害，曾把他变成山羊，交给神使赫耳墨斯带到尼塞亚山谷，交给神女们哺养。

[52] 指在雅典举行的“鲜花节”的第三天，这一天曾被命名为“壶罐日”，因为在当天，人们将烤过的干果放在陶制的壶罐里，作为对死者灵魂的保护神——阴间的赫耳墨斯的祭祀。

[53] “缪斯们”是古代希腊神话中对科学、艺术、诗歌、历史等九位文艺保护神的合称。

[54] 潘是众神使者赫耳墨斯与德律俄珀的儿子，畜牧神，也是牛羊、森林、野外生活和繁殖神，牧人、猎手的保护神。他的下肢是羊的腿脚，头上长着角，但上身却是人身。他喜欢音乐和舞蹈，常常吹奏自制的芦苇排箫，吹起来音色很好听，这也便成了后世排箫的来源。

[55] 指赫剌克勒斯。

［56］ 指赫剌克勒斯。

［57］ 安普萨：旧译“阴婆莎”，希腊神话中的怪物。在古代，母亲和乳母们常用来吓唬小孩子。

［58］ 依耶罗霍斯是古代悲剧演员，在欧里庇得斯的悲剧《俄瑞斯忒斯》（公元前408年）的演出中，他本想说：“我看到了平静。”但是却卡了壳儿，听起来好像是在说：“我看到了猫。”

［59］ 这里可能是指狄俄倪索斯的祭司，因为他天生就是个红脸红头发的人。

［60］ 指欧里庇得斯的诗句。

［61］ 指赫剌克勒斯。

［62］ 伊阿科斯是组织人们参加厄琉西斯秘仪的一位小神。他的名字似乎来自信徒们在举行祭祀时的呼叫：“伊阿科刻”——伊阿科斯的呼格。这个名字很容易令我们想起狄俄倪索斯的另一个名字——巴科斯（Bacchos），人们可以认为他是介乎于厄琉西斯的神祇和狄俄倪索斯之间的一个神。关于他的身世，一说他是珀尔塞福涅（见注［96］）之子，一说他是得墨忒耳（见注［9］）之子。有些人甚至认为伊阿科斯就是巴科斯，即狄俄倪索斯本人。

［63］ 有的学者认为这里的“在市场上”应该释为“狄阿戈拉斯”——一位不信神的诗人。如阿里斯塔科斯（Aristarchus，约公元前

215—前 143 年），拜占庭的阿里斯托芬的学生，后为亚历山大里亚图书馆馆长，是亚历山大里亚学派批评家中最著名的一位。

［64］ 指珀尔塞福涅。

［65］ 在祭祀得墨忒耳的节日中，人们以猪肉来祭献。

［66］ 注释家们认为，这里的“神秘火焰”是点燃在夜间的火炬接力赛跑（古希腊的一种竞技活动）棒上的火光。

［67］ 这种“忘我”的情形在欧里庇得斯的《酒神的伴侣》中也曾出现过：卡德摩斯（忒拜城的创建者）和忒瑞西阿斯（忒拜城的先知）在酒神节的狂欢里，忘记了他们的年迈。

［68］ 柏拉图也曾用相近的意思描写过狄俄倪索斯的礼物——美酒，他说它是治愈年迈的良药，“它使人们重新获得感觉，并忘记痛苦悲伤。”

［69］ 克剌提诺斯（Cratinus，公元前 450—前 423 年）是阿里斯托芬同时代的喜剧诗人，《蛙》演出时他已逝世。他的作品中讽刺得过于苛刻，阿里斯托芬常常提到他，说他“像山洪急流一样，把挡道的房屋、树木和人全部冲垮。”他也是酒神狄俄倪索斯忠实的信徒。阿里斯托芬送给他一个外号——吃牛的人。牛是狄俄倪索斯的神物，是他的化身，是自然之力的代表。我们并不能肯定阿里斯托芬为什么给克剌提诺斯取了“吃牛的人”这样一个外号，有人认为他给他加以与神有关的名

字是为了赞扬他；有人认为是为了证明他爱争吵的性格；有人则认为是阿里斯托芬指他是酒的朋友。

［70］ 雅典附近的一座岛屿。

［71］ 埃皮达夫洛斯城在伯罗奔尼撒半岛上。现存有著名的露天剧场。

［72］ 在公元前413年左右，雅典人对所有的进出口贸易都要征5%的税收，作为进献，送给当时的同盟国。注释家解释：索里基奥那斯是伯罗奔尼撒战争时雅典地区的收税官；正是他，给敌人送去了柏油，用以烧毁自己的城邦——雅典；所以阿里斯托芬在这里讽刺他为叛徒。而埃伊那岛由于距伯罗奔尼撒半岛很近，所以便成为斯巴达人（雅典人当时的敌手，居于伯罗奔尼撒半岛）运送商货至埃皮达夫洛斯的必经之路。

［73］ 可能是指阿尔基维阿提斯，是他曾发出过这样的建议。

［74］ 这里指“酒神颂”诗人库尼西阿斯（见注［36］）。注释家解释，正是他曾攻击赫卡忒的雕像。赫卡忒是一位秘仪女神，传说她是珀耳塞斯的女儿，三首三身，主管秘仪、巫师和妖术的神。她的雕像以三座女子身体构成，一说以三头六眼形象构成。或说他曾在他的作品中猛烈地攻击过这位女神。

［75］ 指古代希腊举行的戏剧节，因为酒神与戏剧有着不可分割

的关系。

[76] 索忒伊拉是女神雅典娜的另一个名字。有的学者认为这里应解释为“索忒伊拉女儿庙”里的索忒伊拉，“女儿”指得墨忒耳的女儿珀耳塞福涅。事实上这种解释更为合理，因为剧中歌队的成员均来自厄琉西斯（珀耳塞福涅被冥王劫走的地方）秘仪。

[77] 这时指狄俄倪索斯。

[78] 这段称呼经常被用于形容天神。

[79] 引自欧里庇得斯《酒神的伴侣》中的诗句（原作第194行）。

[80] 有些学者认为，歌队在这里借以嘲讽演出投资者的吝啬。根据亚里士多德的著作中所提，当时的演出投资，已增加两人来负担。

[81] 阿尔海提摩斯是公元前5世纪末至公元前4世纪初雅典的诡辩家和煽动者。他似乎是个外乡人，所以阿里斯托芬在这里讽刺他：来到雅典七年了，但却始终无法成为雅典公民。

[82] 克里斯塞尼斯（见注[12]）的儿子继承了他父亲的道德品行，曾以自己独特的形式哭悼他的同性伴侣——一个好像是叫塞维诺斯（Sevinos，来自于古希腊语动词vino，“性行为”的意思）的人。

[83] “马拉卡活里”“塞阿密”及下句的“阿洛赫波尔诺斯”都是希腊语中极脏的骂人的话。

[84] 卡利阿斯是雅典的一位巨富，但由于他沉醉于放荡和女色，

而失去了自己所有的财产，死时已成了一个最穷的人。

[85] 指扛包袱一事。

[86] 摩伊拉：三位命运女神的合称，即克罗托、拉刻西斯和阿特洛波斯；克罗托织人的生命线，决定人生命的长短；拉刻西斯掌管人的命运是繁荣还是枯衰；而阿特洛波斯则负责切断人的生命线；摩伊拉权力极大，就连宙斯也无法逃脱她的摆布；三位复仇女神是她的伙伴和随从。

[87] 埃阿科斯：宙斯和埃癸娜的儿子，为人十分诚实，正直。他参加过特洛亚战争，死后被宙斯安排到冥府任那里的司法判官。

[88] 见注[31]。

[89] 斯提伽斯河是冥府河流中的一条。

[90] 一个长着女人身子，但却以蛇尾而代替脚的巨大怪物。

[91] 塔尔狄西亚被古希腊认为是西方最远的一个城市，那里住着各种各样的巨大怪物。

[92] 原文中是“提斯拉西奥斯的荷耳活洛斯们”。阿里斯托芬在这里暗指阿提刻地区的一个同名城镇，那里的居民在诗人看来都是些阴谋家和坏人。注释者认为“提斯拉西奥斯”是当时“里维斯”境内的一个地区。

[93] 引自欧里庇得斯悲剧《俄瑞斯忒斯》第45行和《阿尔刻提

斯》第245行。

［94］ 这里有强烈的喜剧讽刺效果。因为连狄俄倪索斯也喊起了要天神的帮助，就好像他自己不是天神似的。

［95］ 迈里底是阿提刻地区的一个城镇，那儿建有赫剌克勒斯的庙。这里大概不是指赫剌克勒斯，虽然克桑西阿斯装扮得和他一模一样。诗人暗示的可能是卡利阿斯（见注［84］），因为他也曾"戴着狮子头参加海战"（见原作第428行），并且他在迈里底曾经有过一座豪华的住宅。

［96］ 珀耳塞福涅是宙斯与农业女神得墨忒耳（见注［9］）的女儿，神话中的司春女神，她的名字的原意是"少女"或"姑娘"的意思。冥王哈得斯（见注［15］）看中了她，便乘她和同伴们在草地上采花玩耍的时候，突然把她抢到阴间，做了冥王的皇后。她的母亲四处寻找她，最后在宙斯的帮助下终于与哈得斯达成协议，即每到春天，她回到母亲那里，这时世界上鸟语花香，她的母亲农业女神主持万物繁荣茂盛；后半年，到了秋冬，珀耳塞福涅必须再回到冥土履行冥后的职责，这时她的母亲由于悲伤，无心看管大地，所以世上一片萧条，草木不生。

［97］ 阿尔克墨涅是宙斯的最后一个情妇，与之生了大英雄赫剌克勒斯（见注［1］）。

［98］ 希拉迈尼斯是一个政客和将军，在伯罗奔尼撒战争后期十

分著名。他参加过民主政体的改革，后来又丢开那些寡头政治家，领导恢复民主政体。由于他在政治上的不稳定，普鲁塔克（Plutarch，公元46—120年，希腊历史学家，著有《希腊罗马名人传》及《道德杂文集》）称他为“悲剧演员”。

［99］ 原文为“米利图的床垫”，米利图的床垫以漂亮和柔软而著称。

［100］ 普拉萨尼一词的意思是“做面包用的木板”，因此我们可以说，这两个女店主原来曾经是奴隶，但由于后来有了自己可以赚钱的工作而被释放了。

［101］ 厚底靴为古代希腊演员在台上穿的一种靴子。因为古希腊剧场均为露天的阶梯式剧场，所以，为了给演员加大身高，需穿上高底的靴子，以便让最后一排的观众也能清晰地看到表演演员。

［102］ 阿里斯托芬没有一次不在他的喜剧里嘲讽他的敌人克勒翁。克勒翁卒于公元前422年，《蛙》演出时（前405年）已逝世多年。

［103］ 这里克桑西阿斯在重复狄俄倪索斯在原作第530—531行里讲的话。

［104］ 因为害怕，狄俄倪索斯毫不犹豫地表示要再次与他的奴隶换行头，而且就连鞭打也愿意忍受，一点儿面子也顾不上了。

［105］ 狄俄倪索斯由于过分害怕，简直不知自己在说些什么了。

我们居然从这位不死的天神那里听到他在唠叨女人和孩子。关于阿尔海提摩斯参见原作第416行及注［81］。

［106］ 指“如果我不宠爱克桑西阿斯……”。

［107］ 注释者认为，阿里斯托芬在这里用“野艾”一词来比喻“尖厉凶狠”，是因为野艾具有一种尖厉刺鼻的味道。

［108］ 可能指的是一些野蛮的弓箭手。

［109］ 这里不只是“拷打”也有“拷问”的意思。在古代希腊，奴隶不能上法庭做证人，但是被告可以让奴隶受拷问，以证明自己的清白。

［110］ 古代俗规，当某人要求或接受让奴隶被拷问时，他必须准备一些赔偿费，用以当奴隶有什么闪失时，交给奴隶的主人。

［111］ 狄欧米亚是雅典的城镇。在那儿，古希腊人举行仪式及竞技比赛，以祭祀赫剌克勒斯。

［112］ 指他被打得头昏眼花，好像看见了骑士在眼前晃来晃去。

［113］ 得罗斯是阿波罗的出生地，爱琴海中的一个岛屿，勒托在这里为宙斯生阿波罗和同胞姐妹阿耳忒弥斯（月亮女神）。

［114］ 得尔福一词来源于阿波罗的一个儿子得尔福斯，阿波罗的著名神庙就建在这里。古代希腊人认为得尔福是地球的中心，许多神话故事和人物都和它有密切的关系。

［115］ 此句诗并不出于希波那克达斯之手，而是与他同时代的阿

那尼俄斯的作品。这里不应解释为是阿里斯托芬的错误，而更应理解为是狄俄倪索斯因为疼痛自己说错了话。

[116] 索福克勒斯《拉奥孔》一剧中的诗句，此剧已失传。

[117] 克勒俄丰是雅典的政治煽动者，出生于特拉斯。阿里斯托芬曾嘲弄他的“阿提刻口音”。海战过后，他被寡头政治家控告（公元前 405 年），并被判以死刑。

[118] 指克勒俄丰。

[119] 这句话是句多余的话，因为如果真有公平的竞争权，被告便也会被释免了。见欧里庇得斯的《伊菲革涅亚在陶洛人里》第 1469 行。

[120] 这里大概不是指哪位悲剧诗人，也不是指哪位喜剧诗人，而是指雅典的将军孚里尼赫斯。他曾多次与波斯人联络，又参加了废除民主政体的活动（公元前 411 年）。

[121] 奴隶们参加了阿尔伊努萨海战后，获释成了自由公民。同样，普拉戴埃斯人也获得了很高的荣誉，他们在波斯战争中曾大力支持过雅典人。

[122] 注释者称，这里引用的是埃斯库罗斯的诗句。

[123] 没有人知道这个克里耶尼斯是什么人，但据传说，他是一位澡堂老板，居然在肥皂里也掺假。他的同乡对他不尊重，所以他总有一种恐惧感，必须带着武器才在同乡中出现。

[124] 这里可能是在暗示某些政客，但也很可能是在指那些总是长着红头发的野蛮奴隶。

[125] 宙斯是天神之父，神里的主神，自然也是奴隶的保护神。

[126] 在古代希腊，对于城邦有重要贡献的公民，要被推上高高的宝座，并授予政府津贴。

[127] 双关语，这里是指欧里庇得斯惯用的雄辩和计策。

[128] 这里使人想起得尔福的先知讲述的预言："索福克勒斯是智者，但欧里庇得斯却超越于他。"

[129] 注释者认为，克里狄米狄斯是索福克勒斯之子。

[130] 古代希腊人以羊祭祀。

[131] 皮希——古代希腊的一种度量衡，一皮希等于64厘米。

[132] 指他的对手。

[133] 这行戏拟欧里庇得斯的诗句："海上女神的儿子啊，这是真的吗？"大概是《忒勒福斯》（已失传）中的残句。"海上女神"指忒提斯，"儿子"指阿喀琉斯。埃斯库罗斯借此挖苦欧里庇得斯的母亲是卖蔬菜的。

[134] 古希腊人于风暴前用黑羊祭风神，祈求免除灾难。狄俄倪索斯并不是真的要献祭，而是借此挖苦埃斯库罗斯就要发出飓风似的愤怒。

[135] 观众以为狄俄倪索斯会说出“打出脑髓来”。忒勒福斯是欧里庇得斯的同名悲剧中的主人公，被阿喀琉斯刺伤。神示说他的创伤只有刺伤他的人才能医治，他因此乔装乞丐去找阿喀琉斯，阿喀琉斯用矛尖的锈把他医好了。

[136] 得墨忒耳是克洛诺斯和瑞亚的女儿，为农神。她的教仪很秘密，不许人泄漏，她在厄琉西斯地方最受人崇敬。埃斯库罗斯出生在那里，但没有入密教。

[137] 佛律尼科斯是古希腊悲剧创始人之一，他的写作年代是公元前6世纪末至公元前5世纪初。

[138] 斯卡曼德洛斯是特洛亚郊外的河流，特洛亚战争即发生在该河沿岸。格律普斯是一种狮身、鹰嘴、有翼的怪物。这里大概指盾牌上的纹章。

[139] 据说菲罗克塞诺斯很贪吃，厄律克西斯很丑陋。

[140] 刻菲索丰是欧里庇得斯的仆人或演员或音乐师，据说他曾帮助欧里庇得斯写戏，并与他的后妻有私情。

[141] 借用关于西尼斯的典故。西尼斯是阿提刻的强盗，他把两棵松树扳下来，把过客捆在上面，然后让松树伸直，把过客的身体分成两半。

[142] 克勒托丰是苏格拉底的弟子，据说他很懒惰。

[143] 讽刺忒剌墨涅斯每遇危险，便投靠敌对党派，借此脱离灾祸。据说开俄斯岛的人很奸诈，刻俄斯岛的人很诚实，一说此处以掷骰子为喻，“开俄斯”是一点，背面的六点叫“科俄斯”。忒剌墨涅斯的骰子由一点变为六点，意思是他的运气好转了。狄俄倪索斯不说“由开俄斯变成了科俄斯”，而改口说变成了“刻俄斯”，因为忒剌墨涅斯是刻俄斯岛的人。

[144] 据说墨利提得斯是个愚蠢的雅典人，他的名字成为傻子的代名词。

[145] 古雅典运动场跑道转弯处界外种着一行与橄榄树相似的厄莱亚树。歌队警告埃斯库罗斯不要犯规，跑出界限。

[146] 观众以为狄俄倪索斯会说“技巧”，哪知他戏言“废物”。

[147] “七重牛皮”是《伊利亚特》描绘大埃阿斯的盾牌的形容词。

[148] 潘塔克勒斯在带领雅典娜节游行队的时候，不先束好盔顶的鬃毛就把盔戴好，以致无法再把鬃毛束好。

[149] 淮德拉是欧里庇得斯的悲剧《希波吕托斯》中的女主人公。她爱上丈夫前妻的儿子希波吕托斯。斯忒涅波亚是作者的同名剧（已失传）中的女主人公，她爱上了丈夫的客人柏勒洛丰忒斯。她们因被拒绝而自杀，并诬告对方。

[150] 阿佛洛狄忒是司爱与美的女神，此处挖苦欧里庇得斯的前

妻和后妻都对他不忠实。

[151] 帕刺罗斯是雅典快船帕刺罗斯号的船员的称号，这些船员都是雅典的公民，他们拥护民主制度，反对寡头制度。

[152] 赫耳墨斯看守着他父亲的权力，所以他帮助人的职权是从他父亲那里得来的。

[153] 狄俄倪索斯喝的酒没有香气，所以他讲的笑话也没味儿。

[154] 厄剌西尼得斯为雅典十将军之一，在阿耳癸努赛战役获胜。后来与其他五个将军一起被判死刑。狄俄倪索斯的意思是说，俄狄浦斯是这般不幸，如果还可以说他是个幸福的人，那么即使他和厄剌西尼得斯一起被判处死刑，依然可以算一个幸福的人。

[155] 这两行半是欧里庇得斯的《阿刻拉俄斯》（已失传）的开场诗。埃及国王埃古普托斯的五十个儿子要强娶叔父达那俄斯的五十个女儿，她们逃到希腊的阿耳戈斯。

[156] 这句诗取自《斯塞奈维亚》（已失传），又译《斯忒涅波亚》。

[157] 指“小油瓶儿”。

[158] 指“埃斯库罗斯”。

[159] 取自《佛里克索斯》。

[160] 取自《伊菲革涅亚在陶洛人里》。皮萨：古希腊地名，在古奥林匹亚附近。

[161] 取自《墨勒阿革尔》。

[162] 取自《智慧的墨拉尼佩》，墨拉尼佩为了保护自己的私生子，不愿说出事实。

[163] 第1257—1260句被很多释译者用括弧圈起来，因为他们认为从意义上讲，这几句是第1251—1256句的重复。欧里庇得斯在以下的回答中，也只针对上边的一段。

[164] 佛提亚：阿喀琉斯降生的城镇。

[165] 取自埃斯库罗斯的《密耳弥冬人》（已失传）。此剧描写特洛亚战争中，特洛亚国王赫克托尔将希腊英雄阿喀琉斯的好友帕特罗克洛斯杀死的故事。同时描写了阿喀琉斯痛失好友的悲情，以及后来赫克托尔的阵亡。密耳弥冬人（Myrmidon）：帖萨利亚人，跟随阿喀琉斯去特洛亚作战。

[166] 狄俄倪索斯在这里暗示，欧里庇得斯笔下的缪斯与累斯波斯岛的古抒情诗毫无关系，而埃斯库罗斯的缪斯则不一样。累斯波斯岛在希腊东北部，自古以女同性恋著称。

[167] 正如欧里庇得斯在第1285—1295行中那样，埃斯库罗斯也采用欧里庇得斯的语气。埃斯库罗斯讽刺他无论是在思想上，还是在形式上都毫无连贯性，对他所创新的形式（即在一个音节上用六个音符）也同样进行了讽刺。第1316句取自欧里庇得斯的《墨勒阿革尔》，

第1317—1318句取自《厄勒克特拉》第435—436行。

［168］ 阿尔基诺（Alcyone）：传说中一种头部很大的海鸟，短脖子，小脚，以食鱼为生。

［169］ 克拉桑西：希腊文中，指能产出葡萄酒的植物。

［170］ 这里指酒无论是在心理上，还是在生理上，都可以疗伤止痛。

［171］ 埃斯库罗斯以“臭脚”来挖苦欧里庇得斯的音乐。

［172］ 注释家指出，基利尼是当时的一个妓女，由于知道十二种做爱的姿势而著名。

［173］ 此处模仿克里特的独唱歌（参见第849—944行），献给阿波罗的舞蹈颂歌，通常为克里特诗句。这种颂歌形式活跃，伴以乐器伴奏和模仿表演。克里特独唱歌在欧里庇得斯之前就曾被用于戏剧诗歌，但只是出自歌队之口。欧里庇得斯第一个尝试将它用于角色，但只用于一个角色，例如：用于奴隶（《俄瑞斯忒斯》第1369行）；用于伊俄卡斯特（《腓尼基少女》第301行）。埃斯库罗斯在第1338—1364行中，嘲讽地模仿欧里庇得斯，讽刺他的作品内容雷同、形式重复、结构不紧凑。

［174］ 玛尼亚是死亡女神。希腊文原意是“疯狂”。

［175］ 指公鸡。

[176] 伊达是克里特岛上著名的高山，传说宙斯曾在那里受哺育。一个帮助扶养幼年的宙斯的克里特神女也与之同名。这里很可能指的是神女伊达。

[177] 狄克婷娜：狩猎女神阿耳忒弥斯也称“狄克婷娜”（意为“网”），因为狩猎时经常用网围攻猎物。此外，“狄克婷娜”也是克里特女神布里托马尔提斯的又名，意为“网的女儿”。传说，她为了逃脱克里特国王米诺斯的魔掌，跳进了海里，但被渔网救起。后来她无意中来到阿耳忒弥斯的圣林中，成了狩猎女神的随从。

[178] 赫卡忒：见注[74]。

[179] 取自欧里庇得斯的《美狄亚》第1行。

[180] 斯佩尔希奥斯河：古希腊神话中的河流。

[181] 取自埃斯库罗斯的《菲洛克忒忒斯》。

[182] 指埃斯库罗斯的秤。

[183] 取自欧里庇得斯的《安提戈涅》。

[184] 取自埃斯库罗斯的《尼俄柏》。

[185] 这句话并非出自欧里庇得斯的作品，而是狄俄倪索斯用纸牌在取笑他。

[186] 这句话注释家认为取自欧里庇得斯的《墨勒阿革尔》。

[187] 取自埃斯库洛斯的《海上的格劳科斯》。

［188］ 希腊人自古认为埃及人力大无比。

［189］ 希腊雅典的一个地区。

［190］ 阿尔喀比阿得斯在公元前 415 年远征西西里，出师后，因渎神案被召回受审判，他竟于归途中逃往斯巴达，雅典人后来再次任命他为海军将领。他作战有功，在公元前 407 年回到雅典，大受欢迎。但当他不在军中时，海军作战失利，雅典人又在公元前 406 年将他免职。本剧上演时，他正隐居在刻耳索涅索斯。

［191］ 戏拟欧里庇得斯的悲剧《希波吕托斯》中的剧词。该剧中的希波吕托斯曾经向老乳母立誓，答应不把她即将向他说的话泄漏出去。他立誓后才知道是关于他的后母对他有爱慕之情的话。他后来想把那些话告诉别人，老乳母警告他不要违背自己的誓言，他因此说："我的嘴立了誓，我的心却没有立誓。"